Collection folio junior

*dirigée par
Jean-Olivier Héron
et Pierre Marchand*

Ray Bradbury est né en 1920. Auteur de romans et de nombreuses nouvelles, il fait partie de ceux qui ont créé, entre les deux guerres, la grande littérature de science-fiction américaine. Cependant, son style poétique, ses préoccupations plus philosophiques que scientifiques l'ont tenu à l'écart des autres auteurs de l'époque, et lui ont permis de gagner à la cause de la S.-F. un public moins spécialisé.

En 1966, François Truffaut a tiré un film de son roman *Farenheit 451*, une anti-utopie dans laquelle l'auteur décrit une société sans livres.

Michel Politzer a quitté avec sa famille, voilà quelques années, Paris où il vivait et où il dirigeait un atelier d'arts graphiques, pour habiter en Bretagne, dans un petit village. Il ne le regrette pas, car les fenêtres de son atelier donnent sur la rivière d'Etel. Mais quelquefois il regarde par la fenêtre au lieu de travailler...

Avec sa femme, il a publié de nombreux ouvrages illustrés, entre autres les *Carnets de croquis de Robin des bois* et les *Carnets de croquis de Robinson Crusoé,* mais aussi des livres d'activités qui sont en eux-mêmes de véritables livres d'aventures.

Aujourd'hui, sans abandonner ses crayons, il consacre le plus clair de son temps à la peinture abstraite et à la réalisation de sculptures monumentales destinées à orner les places, les rues et les cours de lycées.

Christian Broutin a dessiné la couverture de ce livre. Il est né le dimanche 5 mars 1933... dans la cathédrale de Chartres ! A cinq ans, il découvre le dessin en copiant Grandville et Gustave Doré. Après des études classiques, il entre à l'École nationale supérieure des métiers d'art dont il sort en 1951.

Professeur de dessin, peintre, illustrateur, il a réalisé de nombreuses campagnes de publicité, ainsi qu'une centaine d'affiches de films. Il a également illustré des romans, collabore à plusieurs magazines et expose en France et à l'étranger. Son œuvre a reçu de nombreux prix, dont le grand prix de l'Affiche française en 1983.

ISBN 2-07-051364-5
Loi n°49-956 du 16 juillet 1949
sur les publications destinées à la jeunesse
© Ray Bradbury, New York, 1948, 1949, 1952, 1953, 1954, 1955, 1956,
1957, 1958, 1960, 1962, 1963, 1964, pour le texte
© Editions Denoël, 1954, 1956, 1961, 1965, pour la traduction française
© Editions Gallimard, 1992, pour le supplément
© Editions Gallimard Jeunesse, 1997, pour la présente édition
Dépôt légal : décembre 1997

1er dépôt légal dans la même collection : avril 1992
N° d'édition : 82044 - N° d'impression : 40415
Imprimé en France sur les presses de l'imprimerie Hérissey

Ray Bradbury

Un coup de tonnerre

Illustrations de Michel Politzer

Gallimard

Un coup de tonnerre

L'écriteau sur le mur semblait bouger comme si Eckels le voyait à travers une nappe mouvante d'eau chaude. Son regard devint fixe, ses paupières se mirent à clignoter et l'écriteau s'inscrivit en lettres de feu sur leur écran obscur :

Soc. La chasse à travers les âges.
Partie de chasse dans le Passé.
Nous vous transportons.
Vous le tuez.

Un jet de phlegme chaud s'amassait dans la gorge d'Eckels ; il se racla la gorge et le cracha. Les muscles autour de sa bouche se crispèrent en un sourire pendant qu'il levait lentement la main et qu'au bout de ses doigts voletait un chèque de dix mille dollars qu'il tendit à l'homme assis derrière le guichet.

— Garantissez-vous qu'on en revienne vivant ?
— Nous ne garantissons rien, répondit l'employé, sauf les dinosaures.

Il se retourna.

— Voici Mr. Travis, votre guide dans le Passé. Il

vous dira sur quoi et quand il faut tirer. S'il vous dit de ne pas tirer, il ne faut pas tirer. Si vous enfreignez les instructions, il y a une pénalité de dix mille dollars, à payer ferme. Peut-être aussi des poursuites gouvernementales à votre retour.

Eckels jeta un regard à l'autre bout de la grande pièce sur l'amas de boîtes et de fils d'acier bourdonnants, enchevêtrés comme des serpents, sur ce foyer de lumière qui lançait des éclairs, tantôt orange, tantôt argentés, tantôt bleus. On entendait un crépitement pareil à un feu de joie brûlant le Temps lui-même, les années, le parchemin des calendriers, les heures empilées et jetées au feu.

Le simple contact d'une main aurait suffi pour que ce feu, en un clin d'œil, fasse un fameux retour sur lui-même. Eckels se rappela le topo de la notice qu'on lui avait envoyée au reçu de sa lettre. Hors de l'ombre et des cendres, de la poussière et de la houille, pareilles à des salamandres dorées, les années anciennes, les années de jeunesse devaient rejaillir; des roses embaumer l'air à nouveau, les cheveux blancs redevenir d'un noir de jais, les rides s'effacer, tous et tout retourner à l'origine, fuir la mort à reculons, se précipiter vers leur commencement; les soleils se lever à l'ouest et courir vers de glorieux couchants à l'est, des lunes croître et décroître contrairement à leurs habitudes, toutes les choses s'emboîter l'une dans l'autre comme des coffrets chinois, les lapins rentrer dans les chapeaux, tous et tout revenir en arrière, du néant qui suit la mort passer au moment même de la mort, puis à l'instant qui l'a précédée, retourner à la vie, vers le temps d'avant les commencements. Un geste de la main pouvait le faire, le moindre attouchement.

— Enfer et damnation, soupira Eckels, son mince visage éclairé par l'éclat de la Machine. Une vraie Machine à explorer le Temps !

Il secoua la tête.

– Mais j'y pense ! Si hier les élections avaient mal tourné, je devrais être ici actuellement en train de fuir les résultats. Dieu soit loué, Keith a vaincu. Ce sera un fameux président des États-Unis.

– Oui, approuva l'homme derrière le guichet. Nous l'avons échappé belle. Si Deutcher avait vaincu, nous aurions la pire des dictatures. Il est l'ennemi de tout ; militariste, antéchrist, hostile à tout ce qui est humain ou intellectuel. Des tas de gens sont venus nous voir, ici, pour rire soi-disant, mais c'était sérieux dans le fond. Ils disaient que si Deutcher devenait président, ils aimeraient mieux aller vivre en 1492. Évidemment, ce n'est pas notre métier de faire des caravanes de sauvetage, mais bien de préparer des parties de chasse. De toute façon, nous avons à présent Keith comme président. Tout ce dont vous avez à vous préoccuper aujourd'hui est de...

– Chasser mon dinosaure, conclut Eckels à sa place.

– Un *Tyrannosaurus rex*. Le Lézard du Tonnerre, le plus terrible monstre de l'histoire. Signez ce papier. Quoi qu'il arrive, nous ne sommes pas responsables. Ces dinosaures sont affamés.

Eckels se fâcha tout rouge.

– Vous essayez de me faire peur !

– Franchement, oui. Nous ne voulons pas de gars en proie à la panique dès le premier coup de fusil. Six guides ont été tués l'année dernière et une douzaine de chasseurs. Nous sommes ici pour vous fournir l'émotion la plus forte qu'ait jamais demandée un vrai chasseur, pour vous emmener soixante millions d'années en arrière, pour vous offrir la plus extraordinaire partie de chasse de tous les temps ! Votre chèque est encore là. Déchirez-le.

Mr. Eckels regarda longuement le chèque. Ses doigts se crispèrent.

— Bonne chance, dit l'homme derrière son guichet. Mr. Travis, emmenez-le.

Ils traversèrent silencieusement la pièce, emportant leurs fusils vers la Machine, vers la masse argentée, vers la lumière vrombissante.

Pour commencer, un jour et puis une nuit, et puis encore un jour et une nuit encore, puis ce fut le jour, la nuit, le jour, la nuit, le jour. Une semaine, un mois, une année, une décennie, 2055 après Jésus-Christ, 2019, 1999, 1957 ! Partis ! La Machine vrombissait.

Ils mirent leur casque à oxygène et vérifièrent les joints.

Eckels, secoué sur sa chaise rembourrée, avait le visage pâle, la mâchoire contractée. Il sentait les trépidations dans ses bras et, en baissant les yeux, il vit ses mains raidies sur son nouveau fusil. Il y avait quatre hommes avec lui dans la Machine : Travis, le guide principal, son aide Lesperance, et deux autres chasseurs, Billings et Kramer. Ils se regardaient les uns les autres, et les années éclataient autour d'eux.

Eckels s'entendit dire :
— Est-ce que ces fusils peuvent au moins tuer un dinosaure ?

Travis répondit dans son casque radio :
— Si vous le visez juste. Certains dinosaures ont deux cerveaux ; l'un dans la tête, l'autre loin derrière, dans la colonne vertébrale. Ne vous en préoccupez pas. C'est au petit bonheur la chance. Les deux premières fois, visez les yeux, aveuglez-le si vous pouvez, puis occupez-vous du reste.

La Machine ronflait. Le Temps ressemblait à un film déroulé à l'envers. Des soleils innombrables couraient dans le ciel, suivis par dix millions de lunes.

— Bon Dieu, dit Eckels, le plus grand chasseur qui ait jamais vécu nous envierait aujourd'hui. Quand on voit cela, l'Afrique ne vaut pas plus que l'Illinois.

La Machine ralentit, le vacarme qu'elle faisait se transforma en murmure. Elle s'arrêta.

Le soleil se fixa dans le ciel.

Le brouillard qui avait entouré la Machine se dispersa et ils se trouvèrent dans des temps anciens, très anciens en vérité, trois chasseurs et deux guides avec leurs fusils d'acier posés sur leurs genoux.

– Le Christ n'est pas encore né, dit Travis. Moïse n'est pas encore monté sur la montagne pour y parler avec Dieu. Les Pyramides sont encore dans les carrières attendant qu'on vienne les tailler et qu'on les érige. Pensez un peu : Alexandre, César, Napoléon, Hitler, aucun d'eux n'existe encore.

D'un signe de tête les hommes approuvèrent.

– Ceci, Mr. Travis souligna ses paroles d'un large geste, c'est la jungle d'il y a soixante millions deux mille cinquante-cinq années avant le président Keith.

Il montra une passerelle métallique qui pénétrait dans une végétation sauvage, par-dessus les marais fumants de vapeur, parmi les fougères géantes et les palmiers.

– Et cela, dit-il, c'est la Passerelle posée à six pouces au-dessus de la terre. Elle ne touche ni fleur ni arbre, pas même un brin d'herbe. Elle est construite dans un métal « antigravitation ». Son but est de vous empêcher de toucher quoi que ce soit de ce monde du Passé. Restez sur la Passerelle. Ne la quittez pas. Je répète. Ne la quittez pas. Sous aucun prétexte. Si vous tombez au-dehors vous aurez une amende. Et ne tirez sur aucun animal à moins qu'on ne vous dise que vous pouvez le faire.

– Pourquoi ? demanda Eckels.

Ils étaient dans la plus ancienne des solitudes. Des cris d'oiseaux lointains arrivaient sur les ailes du vent et il y avait une odeur de goudron, de sel marin, d'herbes moisies et de fleurs couleur de sang.

– Nous n'avons pas envie de changer le Futur. Nous n'appartenons pas à ce Passé. Le gouvernement n'aime pas beaucoup nous savoir ici. Nous devons payer de sérieux pots-de-vin pour garder notre autorisation. Une Machine à explorer le Temps est une affaire sacrément dangereuse. Si on l'ignore, on peut tuer un animal important, un petit oiseau, un poisson, une fleur même et détruire du même coup un chaînon important d'une espèce à venir.

– Ce n'est pas très clair, dit Eckels.

– Bon, expliqua Travis, supposons qu'accidentellement, nous détruisons une souris ici. Cela signifie que nous détruisons en même temps tous les descendants futurs de cette souris. C'est clair ?

– C'est clair.

– Et tous les descendants des descendants des descendants de cette souris aussi. D'un coup de pied malheureux, vous faites disparaître une, puis une douzaine, un millier, un million de souris à venir !

– Bon, disons qu'elles sont mortes, approuva Eckels, et puis ?

– Et puis ?...

Travis haussa tranquillement les épaules.

– Eh bien, qu'arrivera-t-il aux renards qui ont besoin de ces souris pour vivre ? Privé de la nourriture que représentent dix renards, un lion meurt de faim. Un lion de moins et toutes sortes d'insectes, des aigles, des millions d'êtres minuscules, sont voués à la destruction, au chaos. Et voici ce qui pourrait arriver cinquante-cinq millions d'années plus tard : un homme des cavernes – un parmi une douzaine dans le monde entier – va chasser, pour se nourrir, un sanglier ou un tigre ; mais vous, cher ami, vous avez détruit tous les tigres de cette région. En tuant une souris. Et l'homme des cavernes meurt de faim. Et cet homme des cavernes n'est pas un homme parmi tant d'autres.

Non ! Il représente toute une nation à venir. De ses entrailles auraient pu naître dix fils. Et ceux-ci auraient eu, à leur tour, une centaine de fils à eux tous. Et ainsi de suite jusqu'à ce qu'une civilisation naisse. Détruisez cet homme et vous détruisez une race, un peuple, toute une partie de l'histoire de l'humanité. C'est comme si vous égorgiez quelques-uns des petits-fils d'Adam. Le poids de votre pied sur une souris peut déchaîner un tremblement de terre dont les suites peuvent ébranler, jusqu'à leurs bases, notre terre et nos destinées, dans les temps à venir. Un homme des cavernes meurt à présent et des millions d'hommes qui ne sont pas encore nés périssent dans ses entrailles. Peut-être Rome ne s'élèvera-t-elle jamais sur ses sept collines. Peut-être l'Europe restera-t-elle pour toujours une forêt vierge et seule l'Asie se peuplera, deviendra vigoureuse et féconde. Écrasez une souris et vous démolissez les Pyramides. Marchez sur une souris et vous laissez votre empreinte, telle une énorme crevasse, pour l'éternité. La reine Élisabeth pourrait ne jamais naître, Washington ne jamais traverser le Delaware, les États-Unis ne jamais figurer sur aucune carte géographique. Aussi, prenez garde. Restez sur la Passerelle. Ne faites pas un pas en dehors !

— Je vois en effet, dit Eckels. Ce serait grave, même si nous ne touchions qu'un brin d'herbe ?

— C'est bien cela. Écraser une petite plante de rien du tout peut avoir des conséquences incalculables. Une petite erreur ici peut faire boule de neige et avoir des répercussions disproportionnées dans soixante millions d'années. Évidemment, notre théorie peut être fausse. Peut-être n'avons-nous aucun pouvoir sur le Temps ; peut-être encore le changement que nous provoquerions n'aurait-il lieu que dans des détails plus subtils. Une souris morte ici peut provoquer ailleurs le changement d'un insecte, un déséquilibre dans les populations à venir, une mauvaise récolte un jour lointain, une balance économique déficitaire, une famine et, finalement, changer l'âme même d'une société à l'autre bout du monde. Ou bien quelque chose de plus subtil encore : un souffle d'air plus doux, un murmure, un rien, pollen égaré dans l'air, une différence si légère, si légère qu'on ne pourrait s'en apercevoir à moins d'avoir le nez dessus. Qui sait ? Qui peut honnêtement se vanter de le savoir ? Nous l'ignorons. Nous n'en sommes qu'à des conjectures. Mais tant que nous nageons dans l'incertitude sur la tempête ou le léger frémissement que peut créer notre incursion dans le Temps, nous devons être bougrement prudents. Cette Machine, cette Passerelle, vos habits, ont été stérilisés, votre peau désinfectée avant le départ. Nous portons ces casques à oxygène, pour qu'aucune des bactéries que nous pourrions transporter ne risque de pénétrer dans ce monde du passé.

— Comment savoir, dans ce cas, sur quels animaux tirer ?

— Ils ont été marqués à la peinture rouge, répondit Travis. Aujourd'hui, avant notre départ, nous avons envoyé Lesperance avec la Machine, ici. Il nous a précédés dans cette époque du Passé et a suivi à la trace quelques-uns des animaux.

— Vous voulez dire qu'il les a étudiés ?

— C'est cela même, approuva Lesperance. Je les ai observés tout au long de leur existence. Peu vivent vieux. J'ai noté leurs saisons d'amour. Rares. La vie est courte. Quand j'en trouvais un qui allait être écrasé par la chute d'un arbre ou qui allait se noyer dans une mare de goudron, je notais l'heure exacte, la minute, la seconde. Je lançais sur lui une cartouche de peinture. Elle laissait une grosse tache sur sa peau. Impossible de ne pas la voir. Puis j'ai calculé le moment de notre arrivée dans le Passé, pour que nous rencontrions le Monstre deux minutes à peine avant l'heure où de toute façon il devait mourir. Nous tuons ainsi seulement des animaux déjà sacrifiés qui ne devaient plus se reproduire. Vous voyez jusqu'où nous poussons la prudence !

— Mais si vous n'êtes revenu que ce matin dans le déroulement du Temps, réplique avec passion Eckels, vous avez dû être projeté, télescopé à travers nous, à travers notre groupe sur le chemin du retour. Comment tout cela a-t-il tourné ? Notre expédition a-t-elle réussi ? Avons-nous réussi à nous en tirer tous, indemnes ?

Travis et Lesperance échangèrent un regard.

— Ce serait un paradoxe, dit le second d'entre eux. Le Temps ne souffrirait pas un tel gâchis, la rencontre d'un homme avec lui-même. Lorsque de telles possibilités se présentent, le Temps fait un écart sur lui-même. Comme un avion s'écarte de sa trajectoire en rencontrant une poche d'air. Avez-vous senti la Machine faire un bond juste au moment où elle allait s'arrêter ? C'était nous-mêmes, nous croisant sur le chemin du retour. Nous n'avons rien vu. Il nous serait impossible de dire si notre expédition a été un succès, si nous avons réussi à tuer notre monstre ou si nous avons réussi tous — je pense spécialement à vous, Mr. Eckels — à nous en tirer vivants.

Eckels sourit sans enthousiasme.

— Assez là-dessus, coupa court Travis. Tout le monde debout !

Ils étaient prêts à quitter la Machine.

La jungle autour d'eux était haute et vaste, et le monde entier n'était qu'une jungle pour l'éternité. Des sons s'entrecroisaient formant comme une musique et le ciel était rempli de lourdes voiles flottantes : c'étaient des ptérodactyles s'élevant sur leurs grandes ailes grises, chauves-souris gigantesques échappées d'une nuit de délire et de cauchemar. Eckels se balançait sur l'étroite Passerelle, pointant son fusil ici et là, en matière de jeu.

— Arrêtez ça ! s'écria Travis. Ce n'est pas une plaisanterie à faire ! Si par malheur votre fusil partait !...

Eckels devint écarlate.

— Je ne vois toujours pas notre Tyrannosaure...

Lesperance regarda son bracelet-montre.

— Préparez-vous. Nous allons croiser sa route dans soixante secondes. Faites attention à la peinture rouge, pour l'amour de Dieu. Ne tirez pas avant que nous vous fassions signe. Restez sur la Passerelle. Restez sur la Passerelle !

Ils avancèrent dans le vent du matin.

— Étrange, murmura Eckels. A soixante millions d'années d'ici, le jour des élections présidentielles est passé. Keith est élu président. Le peuple est en liesse. Et nous sommes ici : un million d'années en arrière et tout cela n'existe même plus. Toutes les choses pour lesquelles nous nous sommes fait du souci pendant des mois, toute une vie durant, ne sont pas encore nées, sont presque impensables.

— Soyez sur vos gardes ! commanda Travis. Premier à tirer, vous, Eckels. Deuxième, Billings. Troisième, Kramer.

— J'ai chassé le tigre, le sanglier, le buffle, l'éléphant, mais cette fois, doux Jésus, ça y est, s'exclama Eckels, je tremble comme un gosse.

— Ah, fit Travis.

Ils s'arrêtèrent.

Travis leva la main.

— Devant nous, chuchota-t-il. Dans le brouillard. Il est là. Il est là, Sa Majesté, le Tyrannosaure.

La vaste jungle était pleine de gazouillements, de bruissements, de murmures, de soupirs.

Et soudain, tout se tut comme si quelqu'un avait claqué une porte.

Le silence.

Un coup de tonnerre.

Sortant du brouillard, à une centaine de mètres, le *Tyrannosaurus rex* avançait.

– Sainte Vierge, murmura Eckels.

– Chut !

Il arrivait planté sur d'énormes pattes, à larges enjambées, bondissant lourdement. Il dépassait d'une trentaine de pas la moitié des arbres, gigantesque divinité maléfique, portant ses délicates pattes de devant repliées contre sa poitrine huileuse de reptile. Par contre, chacune de ses pattes de derrière était un véritable piston, une masse d'os pesant mille livres, enserrée dans un réseau de muscles puissants, recouverte d'une peau caillouteuse et brillante, semblable à l'armure d'un terrible guerrier. Chaque cuisse représentait un poids d'une tonne de chair, d'ivoire et de mailles d'acier. Et de l'énorme cage thoracique sortaient ces deux pattes délicates, qui se balançaient devant lui, terminées par de vraies mains qui auraient pu soulever les hommes comme des jouets, pendant que l'animal aurait courbé son cou de serpent pour les examiner. Et la tête elle-même était une pierre sculptée d'au moins une tonne portée allégrement dans le ciel. La bouche béante laissait voir une rangée de dents acérées comme des poignards. L'animal roulait des yeux grands comme des œufs d'autruche, vides de toute expression, si ce n'est celle de la faim. Il ferma la mâchoire avec un grincement de mort. Il courait, les os de son bassin écrasant les buissons, déracinant les arbres, ses pattes enfonçant la terre molle, y imprimant des traces profondes de six pouces. Il courait d'un pas glissant comme s'il exécutait une figure de ballet, incroyablement rapide et agile pour ses dix

tonnes. Il avança prudemment dans cette arène ensoleillée, ses belles mains de reptile prospectant l'air.

– Mon Dieu !

Eckels se mordit les lèvres.

– Il pourrait se dresser sur ses pattes et saisir la lune.

– Chut ! fit Travis furieux, il ne nous a pas encore vus.

– On ne pourra jamais le tuer.

Eckels prononça ce verdict calmement comme si aucun argument ne pouvait lui être opposé. Le fusil dans sa main lui semblait une arme d'enfant.

– Nous avons été fous de venir. C'est impossible.

– Taisez-vous enfin ! souffla Travis.

– Quel cauchemar !

– Allez-vous-en, ordonna Travis. Allez tranquillement dans la Machine. Nous vous rendrons la moitié de votre argent.

– Je n'aurais jamais pensé qu'il fût si grand, dit Eckels. Je me suis trompé. Je veux partir d'ici.

– Il nous a vus.

– La peinture rouge est bien sur sa poitrine.

Le Lézard du Tonnerre se dressa sur ses pattes. Son armure brillait de mille éclats verts, métalliques. Dans tous les replis de sa peau, la boue gluante fumait et de petits insectes y grouillaient de telle façon que le corps entier semblait bouger et onduler même quand le monstre restait immobile. Il empestait. Une puanteur de viande pourrie se répandit sur la savane.

– Sortez-moi de là, s'écria Eckels. Je n'ai jamais été dans cet état. Je savais toujours que je m'en sortirais vivant. J'avais des bons guides, c'étaient de vraies parties de chasse, j'avais confiance. Cette fois-ci, j'ai mal calculé. Je suis hors du jeu et le reconnais. C'est plus que je ne peux supporter.

– Ne vous affolez pas. Retournez sur vos pas. Attendez-nous dans la Machine.

— Oui.

Eckels semblait engourdi. Il regardait ses pieds comme s'ils étaient rivés au sol. Il poussa un gémissement d'impuissance.

— Eckels !

Il fit quelques pas, tâtonnant comme un aveugle.

— Pas par là !

Le monstre, dès qu'il les vit bouger, se jeta en avant en poussant un terrible cri. En quatre secondes, il couvrit une centaine de mètres. Les hommes visèrent aussitôt et firent feu. Un souffle puissant sortit de la bouche du monstre, les plongeant dans une puanteur de bave et de sang décomposé. Il rugit et ses dents brillèrent au soleil.

Eckels, sans se retourner, marcha comme un aveugle vers le bout de la Passerelle ; traînant son fusil, il descendit de la Passerelle et marcha dans la jungle sans même s'en rendre compte. Ses pieds s'enfonçaient dans la mousse verte. Il se laissait porter par eux, et il se sentit seul et loin de tout ce qu'il laissait derrière lui.

Les carabines tirèrent à nouveau. Leur bruit se perdit dans le vacarme de tonnerre que faisait le Lézard. Le levier puissant de la queue du reptile se mit en marche, balaya la terre autour de lui. Les arbres explosèrent en nuages de feuilles et de branches. Le monstre étendit ses mains presque humaines pour étreindre les hommes, les tordre, les écraser comme des baies, les fourrer entre ses mâchoires pour apaiser son gosier gémissant. Ses yeux globuleux étaient à présent au niveau des hommes. Ils pouvaient se mirer dedans. Ils firent feu sur les paupières métalliques, sur l'iris d'un noir luisant.

Comme une idole de pierre, comme une avalanche de rochers, le Tyrannosaure s'écroula. Avec un terrible bruit, arrachant les arbres qu'il avait étreints, arrachant et tordant la Passerelle d'acier. Les hommes se précipitèrent en arrière. Les dix tonnes de muscles, de pierre, heurtèrent la terre. Les hommes firent feu à nouveau. Le monstre balaya encore une fois la terre de sa lourde queue, ouvrit ses mâchoires de serpent et ne bougea plus. Un jet de sang jaillit de son gosier. A l'intérieur de son corps, on entendit un bruit de liquide. Ses vomissures trempaient les chasseurs. Ils restaient immobiles, luisants de sang.

Le tonnerre avait cessé.

La jungle était silencieuse. Après l'avalanche, la calme paix des végétaux. Après le cauchemar, le matin.

Billings et Kramer s'étaient assis sur la Passerelle et vomissaient. Travis et Lesperance, debout, leurs carabines encore fumantes, juraient ferme.

Dans la Machine, face contre terre, Eckels, couché, tremblait. Il avait retrouvé le chemin de la Passerelle, était monté dans la Machine.

Travis revint lentement, jeta un coup d'œil sur Eckels, prit du coton hydrophile dans une boîte métallique, retourna vers les autres, assis sur la Passerelle.

– Nettoyez-vous.

Ils essuyèrent le sang sur leurs casques. Eux aussi, ils commencèrent à jurer. Le monstre gisait, montagne de chair compacte. A l'intérieur, on pouvait entendre des soupirs et des murmures pendant que le grand corps achevait de mourir, les organes s'enrayaient, des poches de liquide achevaient de se déverser dans des cavités ; tout finissait par se calmer, par s'éteindre à jamais. Cela ressemblait à l'arrêt d'une locomotive noyée, ou à la chaudière d'un bateau qu'on a laissée s'éteindre, toutes valves ouvertes, coincées. Les os craquèrent ; le poids de cette énorme masse avait cassé les délicates pattes de devant, prises sous elle. Le corps s'arrêta de trembler.

On entendit un terrible craquement encore. Tout en haut d'un arbre gigantesque, une branche énorme se cassa, tomba. Elle s'écrasa sur la bête morte.
— Et voilà !
Lesperance consulta sa montre.
— Juste à temps. C'est le gros arbre qui était destiné dès le début à tomber et à tuer l'animal.
Il regarda les deux chasseurs.
— Voulez-vous la photo-trophée ?
— Quoi ?
— Vous avez le droit de prendre un témoignage pour le rapporter dans le Futur. Le corps doit rester sur place, là où il est mort, pour que les insectes, les oiseaux, les microbes le trouvent là où ils devaient le trouver. Tout à sa place. Le corps doit demeurer ici. Mais nous pouvons prendre une photo de vous à ses côtés.

Les deux hommes essayèrent de rassembler leurs esprits, mais ils renoncèrent, secouant la tête.

Ils se laissèrent conduire le long de la Passerelle. Ils se laissèrent tomber lourdement sur les coussins de la Machine. Ils jetèrent encore un regard sur le monstre déchu, la masse inerte, l'armure fumante à laquelle s'attaquaient déjà d'étranges oiseaux-reptiles et des insectes dorés.

Un bruit sur le plancher de la Machine les fit se redresser. Eckels, assis, continuait à frissonner.
— Excusez-moi, prononça-t-il enfin.
— Debout ! lui cria Travis.
Eckels se leva.
— Sortez sur la Passerelle, seul.
Travis le menaçait de son fusil.
— Ne revenez pas dans la Machine. Vous resterez ici !
Lesperance saisit le bras de Travis.
— Attends...

— Ne te mêle pas de ça !

Travis secoua la main sur son bras.

— Ce fils de cochon a failli nous tuer. Mais ce n'est pas ça. Diable non. Ce sont ses souliers ! Regardez-les. Il est descendu de la Passerelle. C'est notre ruine ! Dieu seul sait ce que nous aurons à payer comme amende. Des dizaines de milliers de dollars d'assurance ! Nous garantissons que personne ne quittera la Passerelle. Il l'a quittée. Sacré idiot ! Nous devrons le signaler au gouvernement. Ils peuvent nous enlever notre licence de chasse. Et Dieu seul sait quelles suites cela aura sur le Temps, sur l'Histoire !

— Ne t'affole pas. Il n'a fait qu'emporter un peu de boue sur ses semelles.

— Qu'en sais-tu ? s'écria Travis. Nous ignorons tout ! C'est une sacrée énigme. Sortez, Eckels !

Eckels fouilla dans les poches de sa chemise.

— Je payerai tout. Cent mille dollars !

Travis jeta un regard vers le carnet de chèques d'Eckels et cracha.

— Sortez. Le monstre est près de la Passerelle. Plongez vos bras jusqu'aux épaules dans sa gueule. Puis vous pourrez revenir avec nous.

— Ça n'a pas de sens !

— Le Monstre est mort, sale bâtard ! Les balles ! Nous ne pouvons pas laisser les balles derrière nous. Elles n'appartiennent pas au Passé ; elles peuvent changer quelque chose. Voici mon couteau. Récupérez-les.

La vie de la jungle avait repris, elle était à nouveau pleine de murmures, de cris d'oiseaux. Eckels se retourna lentement pour regarder les restes de l'animal préhistorique, cette montagne de cauchemar et de terreur. Après un moment d'hésitation, comme un somnambule, il se traîna dehors, sur la Passerelle.

Il revint en frissonnant cinq minutes plus tard, les

bras couverts de sang jusqu'aux épaules. Il tendit les mains. Chacune renfermait un certain nombre de balles d'acier. Puis il s'écroula. Il resta sans mouvement là où il était tombé.

– Tu n'aurais pas dû lui faire faire ça, dit Lesperance.

– En es-tu si sûr ? C'est un peu tôt pour en juger.

Travis poussa légèrement le corps étendu.

– Il vivra. Et une autre fois, il ne demandera plus à aller à des parties de chasse de ce calibre. Eh bien ?

Il fit péniblement un geste du pouce vers Lesperance.

– Mets en marche. Rentrons !

1492. 1776. 1812.

Ils se lavèrent les mains et le visage. Ils changèrent leurs chemises et leurs pantalons tachés de sang coagulé.

Eckels revenu à lui, debout, se taisait. Travis le regardait attentivement depuis quelques minutes.

– Avez-vous fini de me regarder ? s'écria Eckels. Je n'ai rien fait.

– Qu'en savez-vous ?

– Je suis descendu de la Passerelle, c'est tout et j'ai un peu de boue sur mes chaussures. Que voulez-vous que je fasse, me mettre à genoux et prier ?

– Vous devriez le faire. Je vous avertis, Eckels, je pourrais encore vous tuer. Mon fusil est prêt, chargé.

– Je suis innocent, je n'ai rien fait !

1999. 2000. 2055.

La Machine s'arrêta.

– Sortez, dit Travis.

Ils se trouvaient à nouveau dans la pièce d'où ils étaient partis. Elle était dans l'état où ils l'avaient laissée. Pas tout à fait le même cependant. Le même homme était bien assis derrière le guichet. Mais le guichet n'était pas tout à fait pareil, lui non plus.

Travis jeta un regard rapide autour de lui.
- Tout va bien ici ? fit-il sèchement.
- Tout va bien. Bon retour !

Travis était tendu. Il paraissait soupeser la poussière dans l'air, examiner la façon dont les rayons de soleil pénétraient à travers la haute fenêtre.

- Ça va, Eckels, vous pouvez partir. Et ne revenez jamais !

Eckels était incapable de bouger.

- Vous m'entendez, dit Travis. Que regardez-vous ainsi ?

Eckels debout humait l'air et dans l'air, il y avait quelque chose, une nuance nouvelle, une variation chimique, si subtile, si légère que seul le frémissement de ses sens alertés l'en avertissait. Les couleurs – blanc, gris, bleu, orange – des murs, des meubles, du ciel derrière les vitres, étaient... étaient...

On sentait quelque chose dans l'air. Son corps tremblait, ses mains se crispaient. Par tous les pores de sa peau, il sentait cette chose étrange. Quelqu'un, quelque part, avait poussé un de ces sifflements qui ne s'adressent qu'au chien. Et son être entier se figeait aux écoutes.

Hors de cette pièce, derrière ce mur, derrière cet homme qui n'était pas tout à fait le même homme, assis derrière ce guichet qui n'était pas tout à fait le même guichet... il y avait tout un monde d'êtres, de choses...

Comment se présentait ce monde nouveau, on ne pouvait le deviner. Il le sentait en mouvement, là, derrière les murs comme un jeu d'échecs dont les pièces étaient poussées par un souffle violent. Mais un changement était visible déjà : l'écriteau imprimé, sur le mur, celui-là même qu'il avait lu tantôt, lorsqu'il avait pénétré pour la première fois dans ce bureau. On y lisait :

> *Soc. La chas à traver les âge*
> *Parti de chas dans le Passé*
> *Vou choisises l'animal.*
> *Nou vou transportons.*
> *Vou le tuez.*

Eckels se laissa choir dans un fauteuil. Il se mit à gratter comme un fou la boue épaisse de ses chaussures. Il recueillit en tremblant une motte de terre. « Non, cela ne peut être. Non, pas une petite chose comme celle-ci. Non !... »

Enchâssé dans la boue, jetant des éclairs verts, or et noirs, il y avait un papillon admirable et, bel et bien, mort.

– Pas une petite bête pareille, pas un papillon ! s'écria Eckels.

Une chose exquise tomba sur le sol, une petite chose qui aurait à peine fait pencher une balance, à peine renversé une pièce de domino, puis une rangée de pièces de plus en plus grandes, gigantesques, à travers les années et dans la suite des Temps. Eckels sentit sa tête tourner. Non, cela ne pouvait changer les choses. Tuer un papillon ne pouvait avoir une telle importance.

Et si pourtant cela était ?

Il sentit son visage se glacer. Les lèvres tremblantes, il demanda :

– Qui... qui a vaincu aux élections présidentielles hier ?

L'homme derrière le guichet éclata de rire.

– Vous vous moquez de moi ? Vous le savez bien. Deutcher naturellement ! Qui auriez-vous voulu d'autre ? Pas cette sacrée chiffe molle de Keith. Nous avons enfin un homme à poigne, un homme qui a du cœur au ventre, pardieu !

L'employé s'arrêta.

- Quelque chose ne va pas ?

Eckels balbutia, tomba à genoux. A quatre pattes, les doigts tremblants, il cherchait à saisir le papillon doré.

- Ne pourrions-nous pas !...

Il essayait de se convaincre lui-même, de convaincre le monde entier, les employés, la Machine.

- Ne pourrions-nous pas le ramener là-bas, lui rendre la vie ? Ne pourrions-nous pas recommencer ? Ne pourrions-nous...

Il ne bougeait plus. Les yeux fermés, tremblant, il attendait. Il entendit le souffle lourd de Travis à travers la pièce, il l'entendit prendre la carabine, lever le cran d'arrêt, épauler l'arme.

Il y eut un coup de tonnerre.

(Extrait de : Les Pommes d'or du soleil, traduit de l'anglais par Richard Negrou.)

Ils avaient la peau brune et les yeux dorés

Le métal de la fusée refroidissait aux vents de la plaine. Son couvercle sauta comme un bouchon de champagne. De son intérieur hermétique sortirent un homme, une femme, puis trois enfants. Les autres passagers s'éloignèrent en devisant à travers la plaine de Mars, laissant l'homme avec sa famille un peu en arrière.

L'homme sentit ses cheveux se dresser sur sa tête, ses chairs se contracter. Il lui semblait être au milieu du vide. Sa femme, qui marchait devant, paraissait prête à s'envoler à chaque pas, telle une spirale de fumée. Ses enfants, plus légers, pouvaient, comme des graines, être à tous moments dispersés sur l'immensité martienne.

Les enfants se tournèrent vers lui. Il lut dans leurs yeux une angoisse. Ils le regardaient comme on regarde le soleil pour savoir à quelle heure de sa vie on en est. Son visage resta fermé.

— Qu'est-ce qui ne va pas ? demanda sa femme.
— Retournons à la fusée.
— Tu veux dire à la Terre ?
— Oui. Écoutez...

Le vent soufflait avec une violence telle qu'on eût dit qu'il voulait les briser. Tôt ou tard, l'air de Mars lui ôterait son âme comme on extrait la moelle d'un os cuit. Il se sentait plongé dans un acide capable de dissoudre sa personnalité et d'abolir en lui le souvenir de son passé.

Ils levèrent les yeux vers les montagnes de Mars si vieillies, si usées par l'érosion et le laminage des ans. Ils virent les antiques cités abandonnées, éparpillées tels des ossements d'enfants, sur les étendues ondulantes d'herbe rase.

– Courage ! Harry ! dit sa femme. Il est trop tard. Nous avons fait plus de soixante millions de kilomètres pour arriver ici.

Les enfants aux cheveux jaunes poussaient des cris aigus vers le ciel étranger. Mais seul leur répondait le sifflement du vent qui soufflait sur l'herbe drue.

Il prit la valise dans ses mains glacées.

– Allons-y, dit-il sur le ton d'un homme qui quitte le rivage et s'apprête à marcher dans la mer jusqu'à ce qu'il perde pied et s'engloutisse dans les flots.

Ils entrèrent dans la ville.

Ils s'appelaient Bittering. Harry Bittering, sa femme Cora, Dan, Laura et David. Ils construisirent de leurs mains un petit chalet tout blanc et y prirent d'excellents petits déjeuners en famille. Leur peur, cependant, ne les quittait pas. Elle était toujours là entre Mr. et Mrs. Bittering, lorsqu'ils bavardaient avant de s'endormir, comme, chaque matin, lorsqu'ils se réveillaient.

– J'ai l'impression d'être un cristal de sel roulé par les eaux d'un torrent de montagne qui l'entraîne et le dissout. Nous ne sommes pas d'ici. Nous sommes des Terriens. Ici, c'est Mars, une planète créée pour les Martiens. Je t'en prie, Cora, pour l'amour de Dieu, prenons nos billets de retour !

Mais elle se contentait de secouer la tête.

— Un de ces quatre matins, avec la bombe atomique, notre bonne vieille Terre aura son compte. Ici, nous serons sauvés.

— Sauvés, mais timbrés !

Tic-tac-teur, il est sept heures ! chantonna le réveille-matin. *L'heure de se lever !*

Ce qu'ils firent.

Chaque matin, son premier travail était de tout vérifier : la tiédeur de l'âtre, l'aspect des géraniums rouges en pot, exactement comme s'il s'attendait à ce que quelque chose clochât. Le journal arrivait, l'encre encore humide, par la fusée terrestre de six heures. Il déchirait la bande et le posait devant lui sur la table du petit déjeuner. Il se forçait à commenter les nouvelles sur un ton joyeux.

— Nous voici revenus au bon vieux temps des colonies. D'ici dix ans, il paraît qu'il y aura sur Mars un million de Terriens ! On va construire des grandes villes, et on aura tout comme sur la Terre ! On dit aussi que nous pourrions échouer, que les Martiens seraient froissés par notre invasion. En avons-nous seulement vu, des Martiens ? Pas la queue d'un ! Nous avons vu leurs villes, mais elles étaient désertes ! C'est vrai, non ?

Une rafale de vent submergea la maison. Quand les carreaux cessèrent de vibrer, Mr. Bittering avala sa salive et se tourna d'un air interrogateur vers ses enfants.

— Moi, dit David, je crois qu'il y a des Martiens autour de nous, que nous ne voyons pas. Parfois, la nuit, il me semble les entendre. J'écoute le bruit du vent, le bruit du sable qui frappe contre les carreaux et j'ai peur. Je revois ces villes accrochées aux flancs des montagnes où les Martiens vivaient il y a très longtemps. Tu sais, Papa, il me semble qu'il y a des êtres qui bougent dans ces villes. Je me demande si les Martiens savent que nous sommes là, je me demande s'ils ne vont pas nous faire du mal pour être venus chez eux...

— Tu dis des bêtises ! Nous sommes corrects, nous sommes convenables...

Mr. Bittering regardait au loin par la fenêtre, puis il revint à ses enfants.

— Toutes les villes mortes sont habitées par des fantômes, je veux dire, par des souvenirs.

Il contempla de nouveau les montagnes.

— Il est normal qu'en voyant un escalier vous vous demandiez comment étaient faits les Martiens qui l'utilisaient, qu'en voyant leurs fresques, vous vous demandiez à quoi ressemblaient les peintres qui les ont faites. Vous créez vous-même un fantôme, vous donnez forme à un souvenir. Mais tout cela ne relève que de votre propre imagination. Dis-moi, tu n'aurais pas été rôder dans les ruines, par hasard ?

— Non, Papa.

David fixait la pointe de ses chaussures.

— Avise-toi de ne jamais y mettre les pieds !

Et, sur un autre ton.

— Veux-tu me passer la confiture, s'il te plaît ?

— Et pourtant, dit le petit David, quelque chose va arriver.

Cette prédiction se vérifia l'après-midi même.

Laura, aveuglée par les larmes, traversa en courant la petite colonie. Elle se précipita dans le vestibule.

— Mère ! Père ! La Terre !

Et, dans un flot de paroles entrecoupées de sanglots :

— ... La guerre ! Un câble radio vient d'arriver. Des bombes atomiques sur New York ! Toutes les fusées spatiales anéanties ! Plus de fusées pour Mars ! Jamais plus !

— Mon Dieu ! Harry !

La mère se raccrocha à son mari et à sa fille.

— Tu es bien sûre de ce que tu dis, Laura ? interrogea le père d'une voix calme.

— Oui, oui...

Laura pleurait à fendre l'âme.

— ... Nous sommes abandonnés sur Mars ! Pour toujours, toujours !

Longtemps, seul le gémissement du vent troubla le silence de cette fin d'après-midi.

« Nous sommes abandonnés, se répétait Bittering. Nous sommes à peine un millier ici, livrés à nous-mêmes, sans possibilité de retour, sans possibilité... Sans possibilité... » La sueur perlait à son front, mouillait ses paumes. Son corps tout entier était baigné de sueur. Il trempait dans sa peur. Il aurait voulu battre sa fille, lui crier qu'elle n'était qu'une sale petite menteuse, que les fusées allaient revenir. Au lieu de cela, il pressait la tête de Laura contre son flanc et lui disait :

— Ma petite fille, les fusées réussiront à revenir un jour.

— Père, qu'allons-nous faire ?

— Continuer comme par le passé à cultiver des céréales, à élever nos enfants. Avoir de la patience. Maintenir les choses en l'état jusqu'à ce que la guerre se termine et que les fusées reviennent.

Ses deux fils sortirent sur la véranda.

— Garçons, leur dit-il en regardant par-dessus leurs têtes, j'ai une nouvelle à vous apprendre.

— Nous savons.

Les jours suivants, Bittering resta de plus en plus au jardin pour rester en tête à tête avec sa peur. Aussi longtemps que les fusées avaient tissé leurs fils argentés à travers l'espace, il avait pu accepter Mars, car il se répétait : « Demain, si je veux, je prends mon billet et je retourne sur la Terre. »

Mais, à présent... Plus de fils argentés... Les fusées devenues des tas de ferraille fondue, de fer laminé, gisaient, écrabouillées au sol. Les Terriens étaient livrés à Mars, à ses poussières cannelle, à ses vents lie-de-vin, pour être cuits au four de ses étés et conservés dans la glace de ses hivers. Qu'allait-il leur arriver, à lui et à ses compagnons ? Le moment attendu par Mars était venu. Désormais rien ne l'empêcherait de les absorber.

Il s'agenouilla dans un massif de fleurs, une petite bêche dans ses mains fébriles. « Travaille, se disait-il, travaille pour oublier... »

Il leva les yeux vers les montagnes de Mars. Il pensait aux noms pleins de fierté qui leur avaient jadis été dévolus. Au cours de leur descente sur Mars, les Terriens avaient eu le loisir de contempler les montagnes, les rivières et les mers, qui n'avaient plus de nom. Jadis les Martiens avaient bâti ces villes, et ils leur avaient donné des noms. Ils avaient gravi ces montagnes, et ils leur avaient donné des noms... Ils avaient navigué sur ces mers, et ils leur avaient donné des noms... Les montagnes s'étaient érodées, les mers asséchées, les villes effondrées. Et cependant, les Terriens se sentaient coupables en leur for intérieur de donner de nouvelles appellations à ces montagnes et à ces vallées.

Pourtant les caractérisations et les classifications sont nécessaires à l'homme. Et elles avaient reçu de nouveaux noms.

Mr. Bittering éprouvait dans son jardin une pénible impression de solitude. Occupé à planter dans un sol étranger, sous un soleil martien des plantes terrestres, il se sentait un anachronisme vivant.

« Pense... Oblige-toi à penser. Pense à n'importe

quoi. Mais chasse de ton esprit la Terre, la guerre atomique et les fusées détruites. »

Il transpirait. Il regardait tout autour de lui. Personne ne l'observait. Il défit sa cravate. « Eh bien ! se dit-il. Tu ne manques pas de souffle ! Tu commences par ôter ta veste, ensuite tu ôtes ta cravate... » Il alla la suspendre soigneusement à un pêcher qu'il avait fait venir du Massachusetts.

Et il recommença à philosopher sur les noms des montagnes. Donc, les Terriens avaient changé les noms. On disait à présent la vallée Hormel, la mer Roosevelt, le mont Ford, le plateau Vanderbilt, la rivière Rockefeller. Et l'on avait tort. Les colons américains avaient montré plus de sagesse en reprenant les vieux noms indiens de la Prairie, tels que Wisconsin, Minnesota, Idaho, Ohio, Utah, Milwaukee, Waukegan, Osseo. Ces vieux noms avaient une signification.

Les yeux fixés sur les montagnes comme s'il les regardait pour la première fois, il se demandait : « Martiens, vous seriez-vous réfugiés là ? Êtes-vous vraiment tous morts ? Qu'attendez-vous ? Nous voici, abandonnés à nous-mêmes, coupés de notre base... Qu'attendez-vous pour descendre de vos montagnes et nous chasser ? Je vous dis que nous sommes sans défense... »

Un coup de vent fit tomber une pluie de fleurs de pêcher. Il tendit une main bronzée et poussa un léger cri. Il ramassa les fleurs, les toucha, les tourna et les retourna dans tous les sens puis il appela sa femme :

— Cora !

Elle apparut à une fenêtre. Il courut vers la maison.

— Cora ! Regarde les fleurs !

Elle les prit dans ses mains.

— Est-ce que tu remarques le changement ? Elles sont différentes. Ce ne sont plus tout à fait des fleurs de pêcher...

— Elles m'ont l'air tout à fait normales.
— Elles ne sont pas *vraies*. Je ne peux pas te dire en quoi exactement. Peut-être est-ce un pétale de plus, peut-être est-ce la couleur, le parfum ?

Les enfants arrivèrent juste au moment où leur père s'affairait à déterrer tous les radis, les oignons et les carottes.

— Cora ! Viens voir !

Ils se tendaient mutuellement les oignons, les radis et les carottes.

— D'après toi, est-ce qu'elles ont tout à fait l'air de carottes ?

— Oui... Non... Je ne sais pas.
— Elles sont différentes.
— Peut-être...
— Tu sais bien que si ! Ce sont des oignons qui ne sont pas tout à fait des oignons, des carottes qui ne sont pas tout à fait des carottes. Leur goût est le même mais pas exactement. L'odeur n'est pas tout à fait leur odeur habituelle.

Son cœur se mit à battre très vite, il avait soudain très peur. Il plongea les doigts dans la terre meuble.

— Cora ! Mais qu'est-ce qui se passe ? Il ne faut plus y toucher, tu m'entends ?

Il se mit à courir à travers le jardin en touchant chaque arbre au passage.

— ... Les roses ! Mais regarde donc les roses ! Elles deviennent vertes !

Et ils observèrent le changement de coloris des roses.

Deux jours après, Dan arriva au pas de course.

— Venez tous voir la vache ! J'étais en train de la traire et tout d'un coup...

Ils se réunirent dans l'étable devant leur unique vache.

Une troisième corne lui poussait au front.

Puis ce fut la pelouse devant la maison qui insensiblement vira au violet. Les graines ne donnaient plus naissance à des pousses vertes, mais à des pousses d'un beau pourpre violacé.

— Il ne faut plus y toucher, dit Bittering. Si nous mangeons de ces trucs-là, nous nous transformerons à notre tour et qui sait jusqu'où cela nous conduira ? Je ne le permettrai pas. Il n'y a qu'une chose à faire : brûler cette nourriture.

— Mais elle n'est pas empoisonnée !

— Si, mais de façon subtile. Un tout petit peu seulement. J'interdis qu'on y touche.

Il regarda leur maison d'un air dégoûté.

— Même le chalet a changé. Le vent a attaqué ce chalet. L'air l'a brûlé. Le brouillard, la nuit, l'ont détérioré. Les planches se sont gondolées. Ce n'est plus tout à fait une maison de Terriens.

— Quelle imagination tu as !

Il enfila son veston et remit sa cravate.

— Je sors. Il faut agir et sans tarder. Je reviens tout de suite.

— Harry ! Attends une seconde ! cria sa femme.

Mais il était déjà parti.

Sur les marches du magasin d'alimentation générale, les hommes étaient assis à l'ombre, les mains sur les genoux, bavardant avec un plaisir manifeste.

Mr. Bittering aurait voulu tirer un coup de pistolet en l'air pour les sortir de leur indifférence.

« Mais qu'est-ce que vous faites là, bougres d'idiots, se disait-il, à rester assis à ne rien faire. Vous avez pourtant entendu les nouvelles. Nous sommes échoués sur cette planète hostile. Allons, remuez-vous ! Ne ressentez-vous aucune peur, aucune inquiétude ? Vous avez bien un plan, non ? »

— Salut ! Harry, dit quelqu'un.

— Dites-moi, vous avez bien entendu les nouvelles, l'autre jour ?

Ils opinèrent de la tête et se mirent à rire.
— Bien sûr, Harry.
— Alors ? Qu'est-ce que vous faites ?
— Mais, Harry, qu'est-ce que nous *pouvons* faire ?
— Vous pouvez construire une fusée, parbleu !
— Une fusée ? Pour retourner vers tous ces ennuis ? Oh, tu n'y penses pas, Harry !
— Mais il *faut* nous apprêter à repartir. Avez-vous remarqué le changement dans les fleurs de pêcher, dans les oignons, dans l'herbe ?
— Oui, il me semble que oui, Harry, dit l'un.
— Et vous n'avez pas peur ?
— On ne peut pas dire que cela nous dérange beaucoup, Harry.
— Imbéciles !
— Mais, Harry !
Bittering avait soudain envie de pleurer.
— Écoutez ! Il faut absolument que vous m'aidiez. Si nous restons ici, nous changerons tous. L'air... Vous ne sentez pas l'air ? Vous ne trouvez pas qu'il a une odeur bizarre ? Un virus martien, sans doute. Une graine ou un pollen. Écoutez-moi !
Ils le regardaient, éberlués.
— Sam ! dit-il en s'adressant à l'un d'eux.
— Oui, Harry ?
— Veux-tu m'aider à construire une fusée ?
— Écoute, Harry. J'ai tout un stock de métal et des plans. Si tu veux travailler chez moi, tu n'as qu'à venir. Je te vends le métal cinq cents dollars. Tu as de quoi construire une jolie fusée qui marchera à la perfection. Mais si tu y travailles tout seul, il te faudra environ trente ans pour la terminer.
Tous s'esclaffèrent.
— Assez !
Sam, nullement fâché, leva sur lui des yeux pétillants de malice.

— Sam ! Tes yeux...
— Qu'est-ce qu'ils ont mes yeux ? Harry ?
— N'étaient-ils pas gris ordinairement ?
— Tu sais, pour savoir exactement...
— Mais si ! Ils étaient gris, n'est-ce pas ?
— Et après ? Pourquoi me poses-tu cette question, Harry ?
— Parce qu'à présent ils sont jaunâtres.
— Tiens, c'est curieux, dit Sam sans s'émouvoir outre mesure.
— Et tu as aussi grandi et minci.
— Ça se pourrait, Harry.
— Sam ! Tu ne devrais pas avoir les yeux jaunes !
— Et toi, Harry ! Quelle est la couleur de tes yeux ?
— Moi ! Ils sont bleus, bien sûr.
— Eh bien, regarde, Harry !
Sam lui tendait un miroir de poche.
— Constate par toi-même !
Après une brève hésitation, Mr. Bittering leva le miroir à la hauteur de son visage.
De minuscules paillettes d'or émaillaient le bleu de ses prunelles.
— Regarde ton œuvre, dit Sam, quelques instants plus tard. Tu as brisé mon miroir !

Harry Bittering entra dans l'atelier de serrurerie et se mit en devoir de construire sa fusée. Devant la porte grande ouverte, les hommes devisaient et plaisantaient sans toutefois oser élever la voix pour ne pas le déranger dans son travail. De temps à autre ils lui donnaient la main pour soulever quelque pièce trop lourde. Mais la plupart du temps, ils se contentaient paresseusement de le regarder faire de leurs yeux dont la couleur jaune se précisait de plus en plus.
— C'est l'heure de ton déjeuner, Harry ! lui dirent-ils.

Sa femme venait d'apparaître avec son repas dans un panier.

— Je n'y toucherai pas, dit-il. Je ne veux que des aliments congelés de notre réfrigérateur, des aliments venus de la Terre, et rien qui ait poussé dans notre jardin.

Sa femme resta un moment à l'observer.

— Tu n'y arriveras pas !

— J'ai travaillé chez un serrurier quand j'avais vingt ans. Je m'y connais. Il suffit que je commence et les autres viendront m'aider, lui répondit-il sans tourner la tête, tout à ses plans.

— Harry ! O Harry ! dit-elle d'une voix plaintive.

— Comprends-moi, Cora ! Il faut que nous partions d'ici, il le *faut,* tu m'entends ?

Toutes les nuits le vent ne cessait de souffler sur les étendues marines qu'aucun clair de lune ne baignait jamais, au-delà des cités blanches disposées depuis douze mille ans comme des pions sur un gigantesque échiquier. Dans la petite colonie des Terriens, le chalet des Bittering était secoué de façon étrange.

Mr. Bittering avait le sentiment que ses os changeaient de place, changeaient de forme, devenaient de l'or fondu. Sa femme, couchée à côté de lui, était bronzée par tous ces après-midi de soleil. Elle avait les yeux dorés et la peau très brune, presque marron. Elle dormait, comme les enfants à la peau couleur de métal dormaient dans leurs petits lits, et l'on entendait le vent hurler désespérément, poursuivant son œuvre destructrice sur les vieux pêchers, l'herbe violette et les roses dont il faisait tomber les pétales verts.

Jamais il ne pourrait se libérer de sa peur. Elle lui serrait la gorge, elle lui broyait le cœur. Elle mouillait son bras, sa tempe, sa paume tremblante.

A l'est une étoile verte se leva.

Un mot aux consonances étranges monta aux lèvres de Mr. Bittering.

– *Iorrt ! Iorrt !*

C'était un mot martien. Or, il ne connaissait pas de Martien.

Au milieu de la nuit, il sauta du lit et fit le numéro de téléphone de Simpson, l'archéologue.

– Simpson ! Que signifie le mot *Iorrt* ?

– C'est l'ancien mot martien pour désigner notre planète, la Terre. Pourquoi cette question ?

– Pour rien.

L'appareil lui échappa des mains.

– Hé ! demanda-t-il en contemplant intensément l'étoile verte au firmament, hé ! Bittering ! Harry ! Es-tu là ?

Ses journées retentissaient du fracas du métal qu'il travaillait. Ce jour-là il ajusta la carcasse de la fusée, aidé sans grand enthousiasme par trois de ses camarades. Au bout d'une heure il se sentit soudain très las et il lui fallut s'asseoir.

– C'est l'altitude, ricana l'un de ses assistants.

– Te nourris-tu suffisamment, Harry ? demanda l'autre.

– Évidemment, répliqua-t-il, furieux.

– Toujours avec les provisions de ton réfrigérateur ?

– Oui...

– Tu as minci, Harry.

– Et on dirait que tu grandis.

– Tu mens !

Quelques jours plus tard, sa femme le prit à part et lui dit :

– Harry, j'ai fini tous les aliments congelés. Le réfrigérateur est vide. Il faut pour mes sandwichs que je prenne ce qui pousse sur Mars.

Il s'assit, accablé.

– ... Harry, il faut que tu manges ! Vois, tu n'as pas de forces !

– C'est vrai.

Il prit un sandwich qu'elle lui tendait et se mit à le grignoter avec entrain.

– Donne-toi congé pour l'après-midi. Il fait très chaud. Les enfants voudraient aller se promener et se baigner dans les canaux.

– Je n'ai pas de temps à perdre. Nous arrivons à un moment critique.

– Une heure seulement ! Je t'assure qu'un bain te fera du bien.

Il se leva. Il était en sueur.

– Bon, bon, je viens. Laisse-moi !

– Le plus grand bien, Harry !

Le soleil était brûlant, la journée sans un souffle de vent, la campagne une véritable fournaise. Ils longeaient la rive du canal, le père, la mère et les enfants, tous en maillots de bain. Les enfants jouaient à se poursuivre. Ils s'arrêtèrent et mangèrent des sandwichs au jambon. Il remarqua que leur carnation était de plus en plus foncée et fut frappé par la couleur jaune des yeux de sa femme et de ses enfants. Il fut pris de tremblements, mais sous les ondes de chaleur qui l'envahirent lorsqu'il s'étendit au soleil, ceux-ci ne tardèrent pas à cesser.

Il se sentait trop fatigué pour avoir peur.

– Cora, depuis quand tes yeux sont-ils jaunes ?

– Depuis toujours, je pense.

– Ils n'ont pas éclairci ces derniers mois ?

Elle réfléchit en se mordant les lèvres.

– Non. Pourquoi me demandes-tu cela ?

– Pour rien...

Ils s'étaient assis.

– Les yeux des enfants... Ils sont jaunes, eux aussi !

— Quelquefois, en grandissant, les enfants ont la couleur de leurs yeux qui change.

— Alors nous sommes peut-être des enfants. Du moins au regard de Mars. C'est une idée à creuser...

Il se mit à rire.

— Je crois que je vais me baigner.

Ils plongèrent dans l'eau du canal.

Il se laissa couler à pic, telle une statue d'or et se coucha sur le fond dans le silence vert de l'eau. Autour de lui, tout n'était que calme et profondeur, tout n'était que paix. Lentement, il dérivait au fil du courant...

« Si je demeure suffisamment longtemps, se disait-il, l'eau attaquera, rongera petit à petit ma chair jusqu'à ce que mes os ressemblent à des coraux. Il ne restera de moi que mon squelette. Alors, à partir de ce squelette l'eau recréera des formes nouvelles, des formes vertes, des formes que l'on ne trouve que dans les grands fonds, des formes rouges, des formes jaunes... Une transformation s'opérera, une transformation lente, totale, silencieuse. N'est-ce pas d'ailleurs ce qui est en train de se passer ici ? »

Il voyait le ciel par transparence au-dessus de sa tête et le soleil que l'atmosphère, le temps et l'espace rendaient martien.

« Au-dessus de moi, disait-il, coule un grand fleuve, un fleuve martien et nous sommes tous couchés dans son lit, dans nos maisons de galets, dans nos maisons englouties, cachés dans nos repaires telles des écrevisses, et son eau dissout nos corps, délite nos os si bien que... »

D'un coup de rein, il remonta à la surface et traversa la lumière glauque.

Dan, assis sur le bord du canal, regardait son père, le visage grave.

— *Utha,* dit-il.

— Quoi ?

Le garçon expliqua en souriant :

— Tu sais bien que Utha est le terme martien pour dire « père ».

— Où as-tu appris cela ?

— Je l'ignore. Quelque part, sans doute. *Utha !*

— Qu'est-ce que tu me veux ?

— Je voudrais changer de prénom.

— Changer ton prénom ?

— Oui.

Sa mère s'approcha à la nage.

— Ton prénom ne te plaît plus ?

Dan s'agita.

— L'autre jour, tu criais à tous les échos, Dan, Dan, Dan... Je ne t'écoutais même pas. Je me disais : ce n'est pas ainsi que je m'appelle, j'ai un nouveau nom dont j'entends qu'on se serve.

Mr. Bittering, accroché au rebord du canal, sentit le froid l'envahir. Son cœur battait à grands coups espacés.

— Et quel est ce nouveau nom ?

— *Linnl.* N'est-ce pas beau ? Est-ce que je peux être appelé comme ça, dis-moi, tu n'y vois pas d'inconvénient ?

Mr. Bittering porta la main à son front. Il pensait à cette fusée rudimentaire, à son labeur solitaire, à sa solitude jusqu'au sein même de sa propre famille, à sa terrible solitude.

Il entendit sa femme demander :

— Pourquoi pas, en effet ?

Il s'entendit répondre :

— Mais oui bien sûr, si tu y tiens.

— Hourrah, s'écria le petit garçon. Ça y est ! Je m'appelle Linnl ! Je m'appelle Linnl !

Et il dévala le pré en sautant comme un cabri et en poussant des cris de joie.

Mr. Bittering se tourna vers sa femme.
- Qu'est-ce qui nous a pris ?
- Je ne sais pas... Cela me semblait une bonne idée...

Ils se dirigèrent à pas lents vers les montagnes. Ils gravirent paresseusement les chemins pavés de mosaïque qui côtoyaient des sources qui ne tarissaient jamais. Un filet d'eau glacée courait tout l'été sur ces anciens chemins si bien que vous avanciez en pataugeant dans un ruisseau peu profond et que, pendant les heures de grande chaleur, vos pieds nus s'en trouvaient délicieusement rafraîchis.

Ils parvinrent à une petite maison de campagne martienne d'où l'on avait une jolie vue sur la vallée. Elle était située au sommet d'une montagne. Vestibules en marbre bleu, fresques de nobles proportions, piscine, l'agrémentaient. Par cette canicule, elle donnait une agréable impression de fraîcheur. Les Martiens n'avaient jamais cru aux grandes agglomérations.

- Quel charmant endroit ! s'écria Mrs. Bittering. Nous devrions déménager et venir passer l'été dans cette villa.
- Allons ! Viens ! dit-il. Il faut retourner. Il y a encore beaucoup à faire sur cette fusée.

Mais tout en travaillant cette nuit-là, la fraîche villa de marbre bleu l'obsédait. Au fur et à mesure que s'écoulaient les heures, la fusée diminuait d'importance à ses yeux.

Au fil des jours et des semaines qui suivirent, elle passa à l'arrière-plan de ses préoccupations. La fièvre du début était tombée. Quand il se rendait compte qu'il n'avait pas su la maintenir, la peur le reprenait. Mais la chaleur, l'air, les conditions dans lesquelles il travaillait, lui paraissaient d'excellentes excuses à son manque d'entrain.

Il entendit qu'on chuchotait à la porte de l'atelier :
— Tout le monde y part. Tu entends ?
— Ils y vont tous, c'est exact.
Bittering sortit dans la rue.
— Qui va où ?
Deux camions identiques, chargés d'enfants et de mobilier, passèrent en soulevant un nuage de poussière.
— Dans les villas ! répondit celui qui avait engagé la conversation.
— Tu sais, Harry ! J'y vais ! Et Sam aussi, n'est-ce pas Sam ?
— Oui, Harry ! Et toi, qu'est-ce que tu fais ?
— Moi, j'ai du travail.
— Du travail ! Tu termineras ta fusée cet automne, quand il fera moins chaud.
Il respira profondément.
— J'ai toute ma charpente à assembler.
— A l'automne, ça ira mieux.
— Mais mon travail...
— Cet automne... répliquaient-ils sur un ton qui, à cause de la chaleur, manquait de conviction.
Après tout, ils le comprenaient, ils ne le décourageaient pas. Ne tenaient-ils pas le langage de la raison ?
— Cet automne, ça ira tout seul, se dit-il. J'aurai tout mon temps à ce moment-là.
« Non ! criait une voix tout au fond de lui-même, une voix qu'il se refusait à écouter, qu'il faisait taire, qu'il étouffait et qui répétait, en mourant : non, non, non ! »
— Cet automne...
— Viens avec nous, Harry ! s'écrièrent-ils en chœur.
— Oui, je viens.
Il lui semblait que sa chair fondait, tant l'air était brûlant.

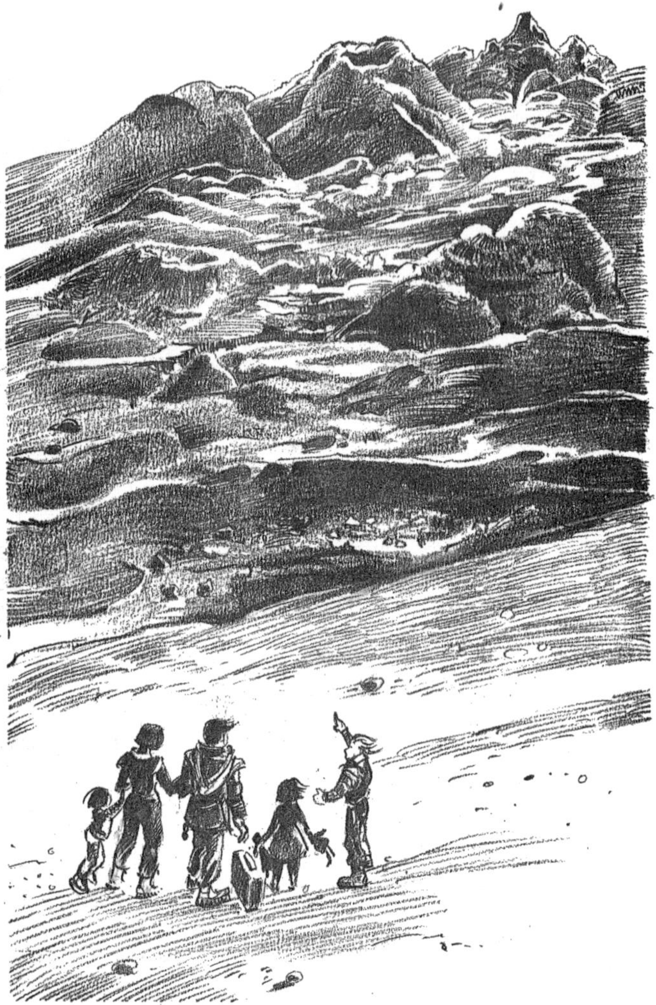

— Oui. A l'automne, je me remettrai au travail.
— J'ai ma villa près du canal Tirra, dit quelqu'un.
— Tu veux dire près du canal Roosevelt ?
— Non, Tirra. C'est l'ancien nom martien.
— Mais, sur la carte...
— Laisse la carte tranquille. Maintenant, c'est Tirra qu'il s'appelle. J'ai découvert un endroit sur les monts Pillan qui...
— Tu veux parler de la chaîne Roosevelt ? intervint à nouveau Bittering.
— Je parle des monts Pillan, dit Sam d'un ton sans réplique.
— Bon, admit Bittering à moitié suffoqué par les tourbillons d'air chaud. Va pour les monts Pillan !...

Le lendemain après-midi, alors qu'il faisait encore plus chaud que de coutume, tout le monde mit la main au chargement du camion. Laura, Dan et David ou, comme ils préféraient qu'on les nommât, Ttil, Linnl et Werr apportaient des paquets.

On décida de laisser en place le mobilier du petit chalet blanc.

— Il est bien pour Boston, dit la mère. Et, à la rigueur, ici, dans ce chalet. Mais dans notre villa de montagne, pas du tout. Nous le retrouverons cet automne, au retour.

Même Bittering avait l'esprit en paix.

— J'ai des idées pour meubler la villa, dit-il au bout d'un moment. Il ne faudrait que peu de meubles, mais de gros meubles, cossus.

— Et ton encyclopédie ? Tu l'emportes naturellement ?

Mr. Bittering répondit, le regard lointain :

— Je reviendrai la chercher la semaine prochaine.

Ils se tournèrent vers leur fille.

— Tu ne prends pas tes robes de New York ?

Troublée, la petite fille leva les yeux.

– Pourquoi ? Je ne veux plus les mettre.

Ils coupèrent le gaz, l'eau, fermèrent leur porte à clef et s'en allèrent. Le père jeta un coup d'œil à l'intérieur du camion.

– Diable, mais nous n'avons guère de bagages ! En comparaison avec ce que nous avons emporté sur Mars, ce n'est presque rien.

Il mit le moteur en marche. Son regard s'attarda un long moment sur le petit chalet blanc et une envie soudaine le prit de courir vers lui, de le toucher, de lui faire ses adieux. Il savait obscurément qu'il partait pour un long voyage en laissant derrière lui quelque chose qu'il ne retrouverait pas tout à fait, qu'il ne comprendrait jamais plus.

C'est alors que Sam et les siens le dépassèrent.

– Hello ! Bittering. Nous partons !

Le camion suivit cahin-caha l'ancien chemin qui menait hors de la ville. Six autres camions avaient pris la même direction. Leur passage recouvrait la ville d'un linceul de poussière. L'eau du canal était bleue, le soleil brillait et un vent léger agitait les branches des arbres.

– Adieu, ville ! s'écria Mr. Bittering.

– Adieu ! Adieu ! s'écria la famille en agitant la main.

Ils ne jetèrent plus un seul regard en arrière.

L'été fut si chaud qu'il asséchait les canaux. L'été dansait comme une flamme sur la plaine. Dans la petite colonie des Terriens, à présent vidée de la totalité de ses habitants, la peinture des maisons s'écaillait, pelait sous l'effet de la chaleur intense. Les pneus de caoutchouc qui avaient servi à confectionner dans les cours des balançoires pour les enfants pendaient, tels des pendules, dans l'air embrasé.

A l'intérieur de l'atelier, la charpente métallique de la fusée commença à rouiller.

L'automne était déjà très avancé. Mr. Bittering, la peau à présent très foncée, les yeux dorés, contemplait la vallée du haut de la petite crête qui dominait sa villa.

– C'est le moment de repartir, dit Cora.

– Oui. Mais nous ne repartons pas, dit-il très tranquillement. Nous n'avons plus rien là-bas.

Elle lui rappela ses livres, ses costumes :

– Tes *Illes,* dit-elle. Tes *ior uele rre...*

– La ville est déserte. Personne n'y retourne. Je ne vois d'ailleurs aucune raison, absolument aucune raison d'y retourner.

La petite fille tissait, les garçons jouaient des mélodies sur d'anciennes flûtes et d'anciens pipeaux. Leurs rires résonnaient dans la villa aux murs de marbre.

Mr. Bittering considérait la petite colonie créée par les gens de la Terre...

– Ils ne savent pas en construire d'autres, dit sa femme d'un air détaché. Qu'ils sont laids, ces gens ! Moi, je suis heureuse qu'ils soient repartis !

Tous deux se regardèrent, stupéfaits par les paroles qu'ils venaient de prononcer. Ils se mirent à rire.

– Et où sont-ils partis ?

Il se posait la question autant à lui-même qu'à sa femme. Il lui jeta un coup d'œil. Elle était dorée et aussi mince que sa propre fille. Elle le regarda. Il paraissait presque aussi jeune que leur fils aîné.

– Je ne sais pas, dit-elle.

– Nous retournerons en ville l'année prochaine ou dans deux ans ou dans trois, dit-il négligemment. J'ai chaud. Si nous allions nous baigner ?

Ils tournèrent le dos à la vallée et, bras dessus bras dessous, sans se parler, empruntèrent le chemin recouvert d'un filet d'eau fraîche, constamment renouvelé, qui menait vers un canal.

Cinq ans plus tard, une fusée tomba du ciel. Elle se

posa, toute fumante, dans la vallée. Des hommes en bondirent en criant :

— Nous avons gagné la guerre ! Nous sommes venus vous délivrer ! Ohé ! Où êtes-vous ?

Mais la petite colonie américaine aux chalets de bois, aux pêchers et aux salles de réunions, resta silencieuse.

Ils découvrirent une minable charpente de fusée qui se rouillait dans un coin.

Alors les hommes venus de la Terre se mirent à battre la campagne alentour. Le capitaine avait établi son quartier général dans un bar abandonné. Son lieutenant se présenta au rapport.

— Mon capitaine, la ville est entièrement vide, mais nous avons trouvé des autochtones dans les montagnes. Ils ont la peau sombre et les yeux jaunes. Ces Martiens nous ont paru très amicaux. Nous avons pu leur parler. Pas beaucoup. Mais ils apprennent facilement l'anglais. Je suis sûr que nous pourrons entretenir avec eux d'excellentes relations.

— La peau sombre ? répéta le capitaine d'un ton rêveur. Et combien sont-ils ?

— Six à huit cents, peut-être. Ils habitent dans des ruines de marbre. Ils sont grands, l'air bien portant. Leurs femmes sont splendides.

— Vous ont-ils dit ce qu'étaient devenus les hommes et les femmes qui avaient établi ici une colonie terrestre, lieutenant ?

— Ils n'ont pas la moindre idée de ce qui est arrivé à cette ville et à ces gens-là.

— Voilà qui est plutôt curieux ! A votre avis, lieutenant, ces Martiens les auraient-ils massacrés ?

— Ils ont l'air extrêmement pacifiques. Il se peut, mon capitaine, qu'une épidémie ait ravagé cette ville...

— Possible. Je présume que nous nous trouvons

devant un de ces mystères à jamais insolubles, un de ces mystères comme on en voit dans les livres.

Le capitaine promena son regard tout autour de la pièce, sur les vitres grises de poussière, sur les montagnes bleutées qu'on voyait se profiler sur le ciel, sur les canaux miroitant sous la lumière crue. Il écouta le murmure de la brise et frissonna. Puis, s'étant repris, il tapota une grande carte vierge de noms qu'il avait punaisée sur la grande table.

– Eh bien, lieutenant, nous avons du travail sur les bras !

D'une voix monotone, il dicta ses ordres tandis que le soleil déclinait derrière les crêtes bleues.

... Fonder de nouvelles colonies. Repérer les gisements miniers... Recenser les richesses naturelles... Prendre des échantillons de la flore microbienne... Un travail gigantesque ! Pratiquement tout est à faire. Les vieux rapports sont perdus. Dresser la carte du pays, redonner un nom aux montagnes, aux rivières, etc. Tout cela nécessite de l'imagination... Que diriez-vous de baptiser ces montagnes du nom de Lincoln, d'appeler ce canal, canal Washington ? A ces collines, nous pourrions donner votre nom, lieutenant ? Simple question de tact. Et vous, en revanche, vous pourriez donner mon nom à une ville, pour me rendre la politesse ? Enfin, pourquoi ne pas appeler cet endroit le val Einstein et... Vous *m'écoutez,* lieutenant ?

Le lieutenant, le regard perdu très loin, vers les montagnes bleutées qu'enveloppait un léger brouillard, revint brusquement à la réalité.

– Comment ? Oh, mais *certainement,* mon capitaine !

(Extrait de : Un remède à la mélancolie,
traduit de l'anglais par Jacqueline Hardy.)

Vacance

L'herbe tendre qui pousse, les papillons qui descendent de l'azur, les nuages qui passent, n'avaient jamais paré le jour de tant de fraîcheur. Le monde était composé de silences, celui des abeilles et des fleurs, celui de la terre et de l'océan. Silences qui n'étaient pas le silence, mais innombrables mouvements, rythmes entrecroisés et jamais confondus ; palpitements, battements d'ailes, chutes, envolées. La terre ne bougeait pas, mais elle bougeait aussi. Les flots ne dormaient pas, et pourtant ils dormaient. Paradoxe s'écoulant dans le paradoxe, calme noyé dans le calme, sons fondus dans les sons. Les fleurs vibraient, les abeilles tombaient sur le trèfle comme de petites pluies d'or. Entre les vagues des collines et les vagues de l'océan, la voie ferrée courait comme une frontière – déserte – moelle d'acier sous sa gangue de rouille. Il était clair qu'aucun train n'était passé par là depuis bien des années. A trente miles au nord, la voie, après un tournant brusque, s'enfonçait dans des brumes lointaines. A trente miles au sud elle traversait de grandes îles d'ombre, qui suivaient la dérive des nuages que l'on voyait glisser comme des continents sur les pentes des montagnes.

Or, soudain, la voie se mit à frémir.

Un étourneau juché sur les rails perçut le rythme d'une très lointaine vibration, presque imperceptible, dont l'ampleur augmentait lentement, comme le bruit d'un cœur qui se met à battre.

L'étourneau, d'un coup d'aile, s'envola vers la mer.

Les rails continuèrent à vibrer doucement, longuement, jusqu'à ce qu'apparût, au débouché d'une courbe de la voie, le long du rivage, un petit wagonnet de dépannage, dont les deux cylindres trépidaient et bafouillaient dans le grand silence.

Juchés sur le petit véhicule à quatre roues, dont les banquettes siamoises regardaient les deux extrémités opposées, et se protégeant du soleil sous un petit dais de cabriolet, un homme et une femme étaient assis. Près d'eux se trouvait un garçonnet qui pouvait avoir sept ans. La voiturette les emportait, de solitude en solitude, et le vent avait beau leur fouetter les yeux, leur mêler les cheveux, ils regardaient en avant, et ne se retournaient jamais. Parfois ils découvraient, avec une impatience avide, la surprise cachée au bout d'une courbe de la voie ; parfois aussi, c'était avec une profonde tristesse ; mais ils restaient toujours attentifs ; toujours prêts pour l'image nouvelle.

Comme ils attaquaient une pente, le moteur hoqueta et s'arrêta net. Le silence devint écrasant. On eût dit que l'immobilité de la Terre, du Ciel, de l'Océan lui-même avait freiné la machine pour la contraindre à faire halte.

– Plus d'essence.

En soupirant, l'homme tira du petit coffre un bidon de rechange et le déversa dans le réservoir. Sa femme et son fils restaient assis, bien tranquillement. Ils regardaient la mer. Ils écoutaient des grondements sourds, des chuchotements. D'immenses tapisseries de sable, de cailloux, d'algues vertes, d'écume, s'ouvraient comme des rideaux.

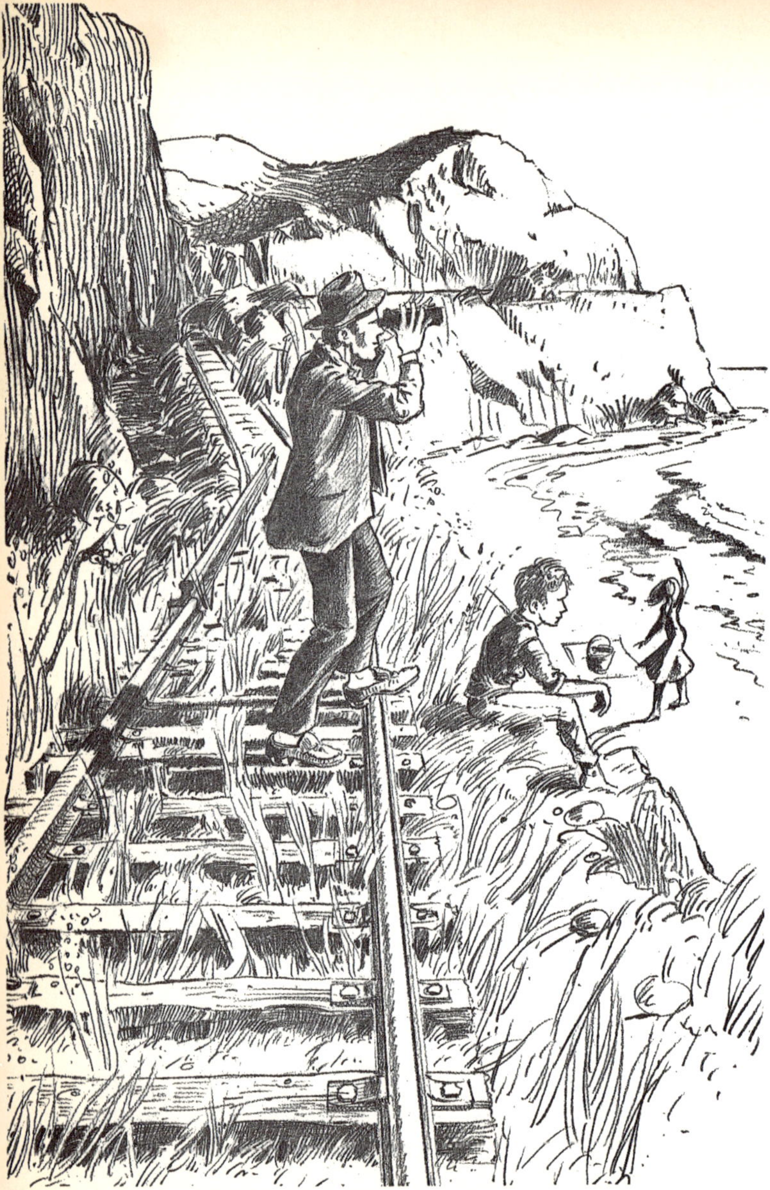

– N'est-elle pas bien jolie, la mer ? dit la femme.
– J'aime la mer, dit l'enfant.
– Nous pourrions peut-être pique-niquer ici, puisque nous y sommes.

L'homme scrutait avec des jumelles la presqu'île verte qui s'étendait devant eux.

– Nous ferions aussi bien. Les rails sont salement rouillés. En avant, la voie est coupée. Il me faudra sans doute un moment pour réparer les dégâts.

– Chaque fois que les rails seront cassés on fera pique-nique ! dit le petit garçon.

La femme essaya de lui sourire, puis se tourna vers l'homme avec une gravité attentive :

– Combien avons-nous parcouru aujourd'hui ?
– Moins de cent cinquante kilomètres.

Les yeux dans ses jumelles l'homme continuait de scruter l'horizon.

– A mon avis, d'ailleurs, c'est bien assez pour une journée. Si l'on veut aller trop vite, on n'a plus le temps de voir. Nous arriverons à Monterey dans trois jours ; le lendemain nous pourrons être à Palo Alto, si tu en as envie.

La femme déroula le ruban d'un jaune éclatant qui maintenait sur ses cheveux dorés un grand chapeau de paille. Elle s'écarta du véhicule et resta debout, moite et défaillante. Ils roulaient si obstinément, depuis tant de jours monotones, sur le rail frémissant, que le mouvement de la voiture semblait coller à leur peau. Après cette halte soudaine, ils éprouvaient une impression d'anomalie, c'était comme des poupées de chiffon qu'on effiloche.

– Mangeons !

Le petit garçon descendit en courant vers la grève, avec le panier d'osier qui contenait le déjeuner.

La femme et l'enfant étaient déjà assis devant la nappe dépliée lorsque l'homme les rejoignit, vêtu de son complet de bureau, veste, cravate et chapeau, comme s'il s'attendait à trouver quelqu'un le long de la voie perdue. Tout en distribuant les sandwichs et en extrayant les pickles de leurs bocaux verts et frais de chez Mason, il se mit à desserrer sa cravate et à déboutonner son veston, sans cesser de jeter alentour des regards prudents, prêt à se reboutonner à la plus petite alerte.

— On est tout seuls, papa ? dit l'enfant, la bouche pleine.

— Oui.

— Personne d'autre ? Nulle part ?

— Personne.

— Et avant, il y avait des gens par ici ?

— Encore cette question ! Et d'ailleurs, il n'y a pas si longtemps ! Quelques petits mois à peine ! Tu te souviens parfaitement.

— Oui, presque. Mais quand j'essaie trop, je ne me souviens plus du tout.

L'enfant laissa couler entre ses doigts une poignée de sable.

— Il y avait autant de gens que des grains de sable sur cette plage. Qu'est-ce qu'il leur est arrivé ?

— Je ne sais pas, dit l'homme. Et c'était la vérité.

Un matin, ils s'étaient réveillés et le monde était devenu désert. La corde à linge des voisins était toujours tendue, chargée de sa lessive blanche qui séchait au vent, les voitures étincelaient devant les cottages ; mais on n'entendait pas d'au revoir, la ville ne bourdonnait plus des mille bruits de sa vie puissante, les téléphones ne s'affolaient plus, les enfants ne hurlaient plus dans la forêt vierge des tournesols.

Quelques heures à peine auparavant, au seuil de la nuit, il était assis près de sa femme, sur la véranda quand le marchand de journaux était passé avec l'édition du soir. Sans avoir même osé jeter un regard sur les titres, il avait dit :

— Je me demande jusqu'à quand Il pourra nous supporter ? Je me demande quel jour Il choisira pour effacer la page et nous souffler aux quatre vents, tous et toutes...

— Oui. Le monde est bien mal en point ! avait-elle répondu... plus mal de jour en jour ! Nous sommes de vrais imbéciles, tu ne crois pas ?

— Ce serait tellement agréable... – il alluma sa pipe et tira une bouffée – ...de se réveiller demain matin pour découvrir que les hommes ont disparu de la Terre et que le monde prend un nouveau départ !

Il restait assis, la pipe entre les dents, la tête renversée sur le dossier de sa chaise, tenant d'une main le journal qu'il n'avait pas déplié.

— Si, en appuyant sur un bouton, à la minute présente, tu pouvais faire qu'il en soit ainsi, le ferais-tu ?

— Je crois que oui. Oh ! Rien de brutal ! Ils disparaîtraient tous, comme par enchantement, de la surface du monde. Plus rien que la Mer, la Terre et ce qui pousse dans la terre, comme les fleurs et l'herbe, et les arbres fruitiers. Et les animaux aussi – bien sûr ! Tout resterait, sauf l'homme qui chasse alors qu'il n'a pas faim, qui mange alors qu'il est rassasié, qui se conduit en canaille quand personne ne lui cherche noise.

— Mais nous, naturellement, nous resterions.

Elle souriait paisiblement.

— Ce serait bien agréable ! dit-il d'un ton rêveur. Tout le temps devant nous ! L'été ! Les plus longues vacances de l'Histoire ! Le plus long pique-nique qu'on n'aurait jamais connu de mémoire d'homme ! Rien que toi, moi et Jim. Plus d'obligations sociales, plus de cartes postales à écrire aux Jones ! Plus d'auto, même ! Je voudrais trouver une autre façon de voyager, une façon d'autrefois... Et en route ! Un grand panier plein de sandwichs, trois bouteilles de limonade, des provisions glanées ici et là, quand on en aurait besoin, dans les épiceries désertes des villages déserts, et devant soi le bel été, pour toujours...

Ils étaient demeurés encore longtemps assis sur la véranda, sans rien se dire ; le journal posé entre eux, toujours plié. C'est elle qui rompit enfin le silence :

– Ne nous sentirions-nous pas un peu *seuls* ?

Et c'est ainsi que le matin s'était levé sur un monde nouveau. Ils s'étaient éveillés aux bruits attendris d'une terre devenue une immense prairie ; les cités sombraient dans des murs d'herbes coupantes, de soucis, de marguerites, de volubilis.

Ils prirent leur situation nouvelle avec un calme remarquable – peut-être parce qu'ils habitaient depuis tant d'années dans cette Ville qu'ils n'aimaient pas, où ils avaient eu tant d'amis qui n'étaient pas de vrais amis, et vécu leur petite vie retranchés, isolés au sein de la grande ruche mécanisée.

L'époux se leva, marcha jusqu'à la fenêtre et regarda au-dehors, très calmement, comme on regarde le temps qu'il fait : il n'y a plus personne ! Il lui suffisait, pour le deviner, de ne plus entendre les bruits du matin sur la ville.

Ils firent durer le petit déjeuner, car l'enfant dormait encore. Lorsqu'ils eurent fini, l'homme se renversant en arrière sur sa chaise, dit enfin :

– Maintenant il va falloir que je décide ce que je dois faire.

– Ce que tu dois faire ? Mais... voyons... aller au bureau, naturellement.

– Toi, tu n'y crois pas encore ! Tu ne comprends pas que je ne partirai plus en trombe tous les matins à huit heures dix... que Jim ne retournera plus à l'école. L'école est finie, pour lui, pour moi, pour toi ! Plus de crayons, plus de livres ! Finis les coups d'œil impertinents du patron ! La cage est ouverte et nous ne reviendrons jamais à notre petit train-train stupide et abrutissant. Allons, viens !

Et il l'avait emmenée par les rues calmes et désertes de la ville, disant :

– Tu vois, ils ne sont pas morts. Ils sont... partis c'est tout.

– Et dans les autres villes ?

Il entra dans une cabine publique, appela Chicago, puis New York, puis San Francisco – Silence – Silence – Silence.

– C'est bien ça, dit-il en raccrochant.

Et elle :

– Je me sens coupable. Eux partis, et nous ici ! Et... je me sens heureuse ! Pourquoi ? Je devrais être malheureuse.

– Malheureuse ? Mais ce n'est pas une tragédie ! On ne les a pas torturés, ils n'ont pas sauté, ils n'ont pas brûlé. Ils sont partis sans histoires, sans s'en rendre compte. Et désormais, nous ne devons plus rien à personne. Nous n'avons plus qu'une responsabilité, celle de notre bonheur. Encore trente années de bonheur, tu ne crois pas que ce serait bon à vivre ?

– Mais... alors, il faut que nous ayons d'autres enfants.

– Pour repeupler le monde ?

Il tourna la tête, lentement, calmement.

– Non. Que Jim soit le dernier ! Qu'il grandisse et, plus tard, quand il sera parti, que les chevaux, et les vaches, et les écureuils des bois, et les araignées des jardins soient les maîtres du monde ! Ils prendront la suite. Et un jour, une espèce naîtra, qui saura allier le don naturel du bonheur avec le don naturel de la curiosité, construire des villes qui ne nous paraîtraient même pas des villes, et qui survivra. En attendant, remplissons le panier, réveillons Jim... et en route pour nos trente longues années de vacances, vite ! je te bats à la course !

Il sortit du petit wagonnet un lourd manteau et se mit en devoir de réparer les rails mangés de rouille ; il travailla solitaire une bonne demi-heure, tandis que la femme et le petit garçon couraient sur la grève. Ils rapportèrent des coquillages tout ruisselants – au moins une douzaine – et quelques jolis galets roses ; puis ils s'assirent un moment et la mère fit l'école à son fils qui écrivait ses devoirs au crayon sur un bloc.

Quand le soleil fut au plus haut du ciel, l'homme descendit les retrouver. Il avait enlevé sa veste et sa cravate. Ils burent tous les trois une orangeade pétillante en observant les petites bulles qui montaient par milliers du fond des bouteilles. Tout était calme. Ils entendaient les vieux rails de fer chanter au soleil comme des diapasons. L'odeur du goudron chaud sur les traverses descendait jusqu'à eux, portée par le vent salé. L'homme tapotait une carte géographique à petits coups timides.

– Le mois prochain, en mai, nous irons à Sacramento ; après, nous remonterons sur Seattle. Ce serait bien d'y arriver vers le 1ᵉʳ juillet. Juillet est un bon mois à Washington. Et quand le temps commencera à fraîchir, nous pourrons redescendre sur Yellowstone, à petites étapes – quelques kilomètres par jour, en s'arrêtant ici ou là, pour chasser ou pour pêcher...

Le petit garçon s'ennuyait – il descendit plus près de la mer et se mit à jeter dans l'eau des petits morceaux de bois, qu'il allait chercher ensuite, en pataugeant, comme font les chiens.

L'homme poursuivait :

– Nous serons à Tucson pour l'hiver. Il nous faudra une partie de la saison pour gagner la Floride – au printemps, nous remonterons la côte – en juin, ce sera peut-être New York. Dans deux ans, l'été à Chicago. Et qu'est-ce que tu dirais d'un hiver à Mexico dans trois ans ? Nos rails peuvent nous conduire partout, absolument partout. Et si nous rencontrons une fois un vieil embranchement du temps de ma grand-mère, que diable ! nous le prendrons pour voir où il nous mènera. Et ma foi, une année ou l'autre, nous finirons bien par descendre le Mississippi en bateau – il y a si longtemps que j'en ai envie ! Nous avons assez de routes devant nous pour remplir le temps d'une vie – et c'est justement le temps d'une vie que je veux mettre à achever notre voyage.

Sa voix s'éteignit. Gauchement, il essaya de replier la carte mais, avant que ses doigts lui eussent obéi, une petite chose brillante tomba sur le papier ; elle roula et se perdit dans le sable en laissant une tache humide.

Un instant, la femme regarda le petit cercle sur le sable ; mais ses yeux se relevèrent presque aussitôt et sondèrent le visage de l'homme. Les yeux graves étaient trop brillants et, sur sa joue, elle vit une trace humide.

Elle eut un sursaut. Elle prit la main de l'homme et la garda serrée dans la sienne.

Lui, s'accrocha à cette main de toute sa force les yeux fermés et, lentement, d'une voix hachée, il dit :

– Si, après que nous nous serons endormis ce soir, pendant la nuit – Dieu sait comment – *tout* revenait, ce serait si bien !... toute la folie, tout le bruit, toute la haine, toutes les choses terribles, tous les cauchemars, les gosses stupides et les hommes méchants ! Tout le gâchis, la mesquinerie, le désordre, toute l'espérance, toute la misère, tout l'amour ! Ce serait si bien !

Elle attendit, puis hocha la tête, une seule fois. Alors, tous deux tressaillirent car l'enfant était là, entre eux, tenant dans la main une bouteille d'orangeade vide. Son visage était pâle. Il tendit sa main libre et toucha la joue de son père, là où une larme, unique, avait laissé sa trace.

— Toi ! oh papa ! toi ! toi non plus tu n'as personne avec qui jouer ?

La femme voulut parler. L'homme ébaucha un geste, comme pour prendre la main de l'enfant. Mais le petit garçon fit un bond en arrière :

— Oh ! les imbéciles ! les nigauds d'imbéciles ! Oh ! les pauvres crétins, les abrutis ! il virevolta et, leur tournant le dos, descendit en courant vers la mer ; puis, campé face au large, il se mit à pleurer bruyamment.

La femme se leva pour le suivre, mais l'homme la retint :

— Non, laisse-le.

Ils se turent et sentirent tous deux le froid les envahir – car le petit garçon, tout en pleurant sur le bord du rivage s'était mis à écrire sur un morceau de papier. Il glissa le billet dans le goulot de sa bouteille d'orangeade, replaça d'un grand coup de paume la capsule d'étain. La bouteille tournoya dans la main de l'enfant, décrivit un arc dans l'espace et retomba sur la mer.

— Qu'est-ce qu'il a écrit ? demanda la femme. Qu'a-t-il mis dans cette bouteille ?

Portée par le flot, la bouteille s'éloignait. L'enfant cessa de pleurer.

Après un long moment, il remonta la pente de la grève. Il s'arrêta devant ses parents et les regarda. Son visage n'était ni rayonnant ni sombre – ni vivant ni mort – ni décidé ni résigné. C'était un curieux mélange, le visage de quelqu'un qui a simplement trouvé le moyen de s'arranger du moment présent, du temps qu'il fait – de ces gens qui sont là. Eux regar-

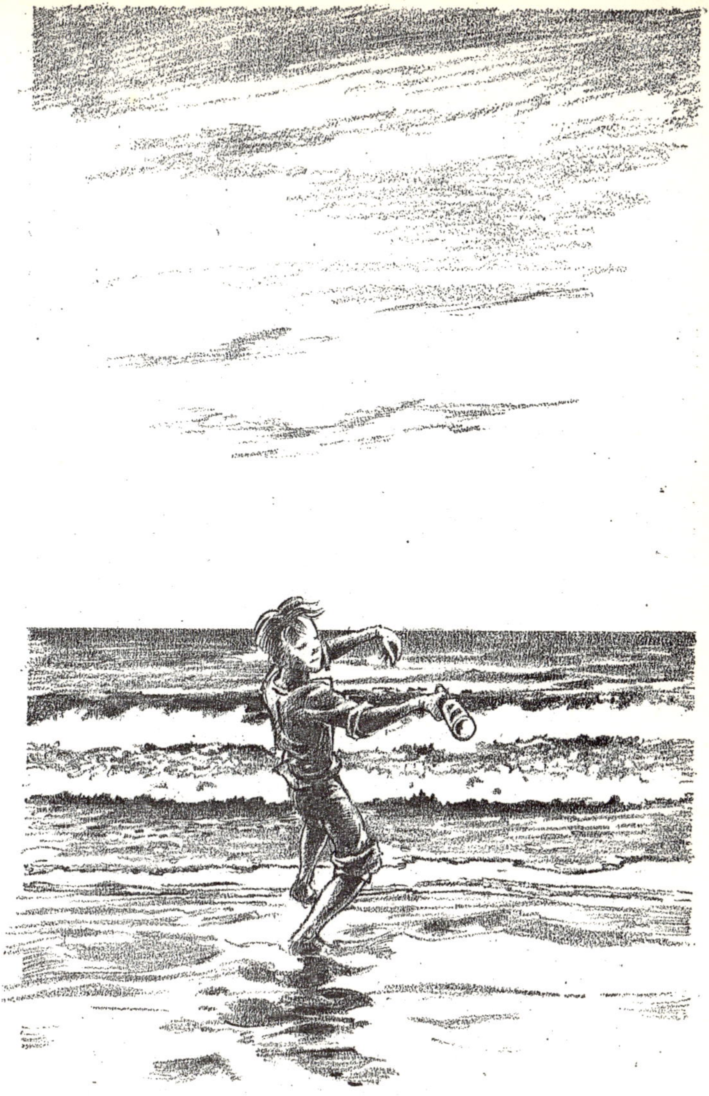

daient leur enfant, et, derrière lui, la baie où la bouteille chargée de son message griffonné scintillait au loin sur les vagues, déjà presque hors de vue.

« Qu'a-t-il écrit ? pensait la femme. Ce que nous demandions ? Ce qu'il venait de nous entendre souhaiter – plutôt, dire, seulement ? Ou bien n'a-t-il écrit que pour lui seul ? A-t-il demandé que demain matin, en s'éveillant, il se retrouve seul dans un monde vidé, sans personne autour de lui, ni homme, ni femme, ni père, ni mère, aucune de ces sottes grandes personnes avec leurs souhaits idiots... pour pouvoir grimper jusqu'à la voie, mettre la machine en route et partir – petit garçon solitaire – pour des voyages éternels, d'inépuisables pique-niques, dans les immensités sauvages ? Est-ce là ce qu'il a écrit sur sa petite lettre ? Ou bien... »

Elle scruta les yeux sans couleur mais n'y lut pas de réponse ; elle n'osa rien demander.

Mais des ombres de mouettes passèrent et glissèrent sur leurs visages des ailes de fraîcheur. Quelqu'un dit :

— Il est temps de partir !

Ils reportèrent le panier d'osier sur le wagonnet. La femme remit son grand chapeau de paille, dont elle noua solidement les beaux rubans jaunes ; on installa le seau du petit garçon, rempli de coquillages, sur le plancher de la voiture ; puis l'homme remit sa cravate, son gilet, son veston, son chapeau – et ils s'assirent sur les banquettes, les yeux tournés vers la mer où la petite lueur de la bouteille messagère clignotait encore à l'horizon.

— Est-ce qu'il suffit de demander ? dit le petit garçon. Un souhait, ça peut réussir ?

— Quelquefois... trop bien.

— Ça dépend de ce qu'on demande.

L'enfant, les yeux perdus au loin, hocha la tête. Ils regardèrent derrière eux, vers le pays d'où ils étaient venus – puis, devant eux, vers le pays où ils allaient.

— Au revoir, endroit, dit le petit garçon en agitant la main.

La machine roula sur la voie rouillée. Son tintement de ferraille alla diminuant. L'homme, la femme, l'enfant ne furent plus que trois points au flanc des collines.

Le rail vibra faiblement pendant deux minutes, et ce fut fini. Une écaille de rouille tomba sur les cailloux. Une fleur se balançait sur sa tige.

La mer faisait un grand bruit.

(Extrait de : Les Machines à bonheur, *traduit de l'anglais par Jean-Pierre Harrison.)*

« Jeunes amis, faites pousser des champignons dans votre cave »

Hugh Fortnum s'éveilla au branle-bas du samedi ; allongé, les yeux fermés, il en savourait chaque bruit tour à tour. En bas, le grésillement du bacon dans la petite poêle ; aujourd'hui Cynthia ne le réveillait pas avec des cris comme les autres jours, mais avec d'appétissants petits plats. De l'autre côté du vestibule, Tom, qui prenait incontestablement une douche. Plus loin, dans la lumière du jardin, constellée de bourdons et de libellules, quelle était donc cette voix, qui déjà s'affairait à maudire le temps ? Celle de Mrs. Goodbody ? Oui-da Mrs. Goodbody, la Géante chrétienne – un mètre quatre-vingts sous la toise, la fabuleuse jardinière, la diététicienne octogénaire, le philosophe de la ville.

Il se leva, ouvrit les volets et, se penchant au-dehors, il l'entendit crier :

– Tiens ! Attrape ça ! et voilà pour ton compte ! Ah mais !

– Heureux samedi, Mrs. Goodbody.

La vieille disparaissait dans des nuages d'insecticide qu'elle faisait jaillir d'une énorme seringue.

– Sornettes ! rugit-elle. Avec ces pestes, ces vermines qu'on ne peut pas les quitter d'un œil.

— A qui en avez-vous ce matin, Mrs. Goodbody ?

— Ouais ! Je n'ai pas envie de crier ça pour les pies jacasses, mais...

Elle jeta autour d'elle un regard soupçonneux :

— Que penseriez-vous, si je vous disais que c'est moi qui suis la première ligne de défense dans l'affaire des soucoupes volantes ?

— A la bonne heure, Mrs. Goodbody. Désormais il y aura tous les ans des fusées qui se promèneront entre les mondes.

— Il y en a *déjà*.

Elle visa le pied de la haie de la pointe de sa seringue et poussa le piston.

— Là ! Attrapez-moi ça.

Mr. Fortnum se retira de la fenêtre ouverte sur le clair matin, peut-être d'un peu moins joyeuse humeur que n'en témoignait sa première réplique. La pauvre dame ! Jusqu'à ce jour fine fleur de la raison ! Que lui était-il arrivé ? Le grand âge, peut-être ?

On sonna à la porte d'entrée.

Mr. Fortnum enfila sa robe de chambre et se précipita dans l'escalier. Il arrivait à mi-étage lorsqu'il entendit une voix qui disait : « Colis exprès, Mr. Fortnum. » Devant la porte, Cynthia se retournait, un petit paquet à la main.

— Colis exprès, par avion, pour ton fils.

Tom dégringolait les marches, tel un mille-pattes.

— Victoire ! C'est sûrement les serres de Grand Bayou.

— Je voudrais bien m'exciter autant sur le courrier de tous les jours, observa Fortnum père. Mais ce n'est pas tous les jours !

Avec frénésie, Tom fit sauter la ficelle et déchiqueta l'emballage.

— Tu ne lis donc pas la dernière page du *Petit Mécano* ? Eh bien ! *Les* voilà !

Chacun jeta un œil curieux à l'intérieur de la petite boîte ouverte.

— Les voilà donc ! Mais... qui ?

— Le Mammouth-des-clairières, espèce sylvatique, pousse garantie, une mine d'or dans votre cave ! Mes champignons !

— Ah ! mais bien sûr ! bien sûr ! s'écria Fortnum. Où donc avais-je la tête ?

Cynthia jeta un coup d'œil oblique sur le trésor.

— Ces minuscules petites miettes ?

— Pousse fabuleuse en vingt-quatre heures.

Tom citait de mémoire.

— Semez-les dans votre cave.

— Après tout, reconnut-elle, j'aime mieux ça que les grenouilles et les serpents verts.

— Tu peux dire !

Tom s'apprêtait à sortir au pas de course.

— Hé Tom ! dit Fortnum d'une voix peu sévère.

Tom s'arrêta devant la porte de la cave...

— Tom ! la prochaine fois, le courrier de tout le monde ferait aussi bien l'affaire.

— Ma foi ! parole d'homme ! Ils ont dû faire erreur ; ils m'ont pris pour un richard – poste aérienne – colis exprès... Qui d'autre peut s'offrir ça ? Dites-moi un peu ?

On entendit claquer la porte de la cave.

Fortnum, assez surpris, examina un instant l'emballage, puis le jeta dans une corbeille à papiers. Après quoi il se dirigea vers la cuisine et ouvrit en passant la porte de la cave.

Tom était agenouillé sur le sol et s'affairait déjà à creuser la terre battue au moyen d'un petit râteau.

Fortnum sentit à ses côtés la présence de sa femme. Elle retenait son souffle, le regard plongé dans la pénombre humide.

— J'espère au moins que ce sont des champignons normaux – pas du... poison !

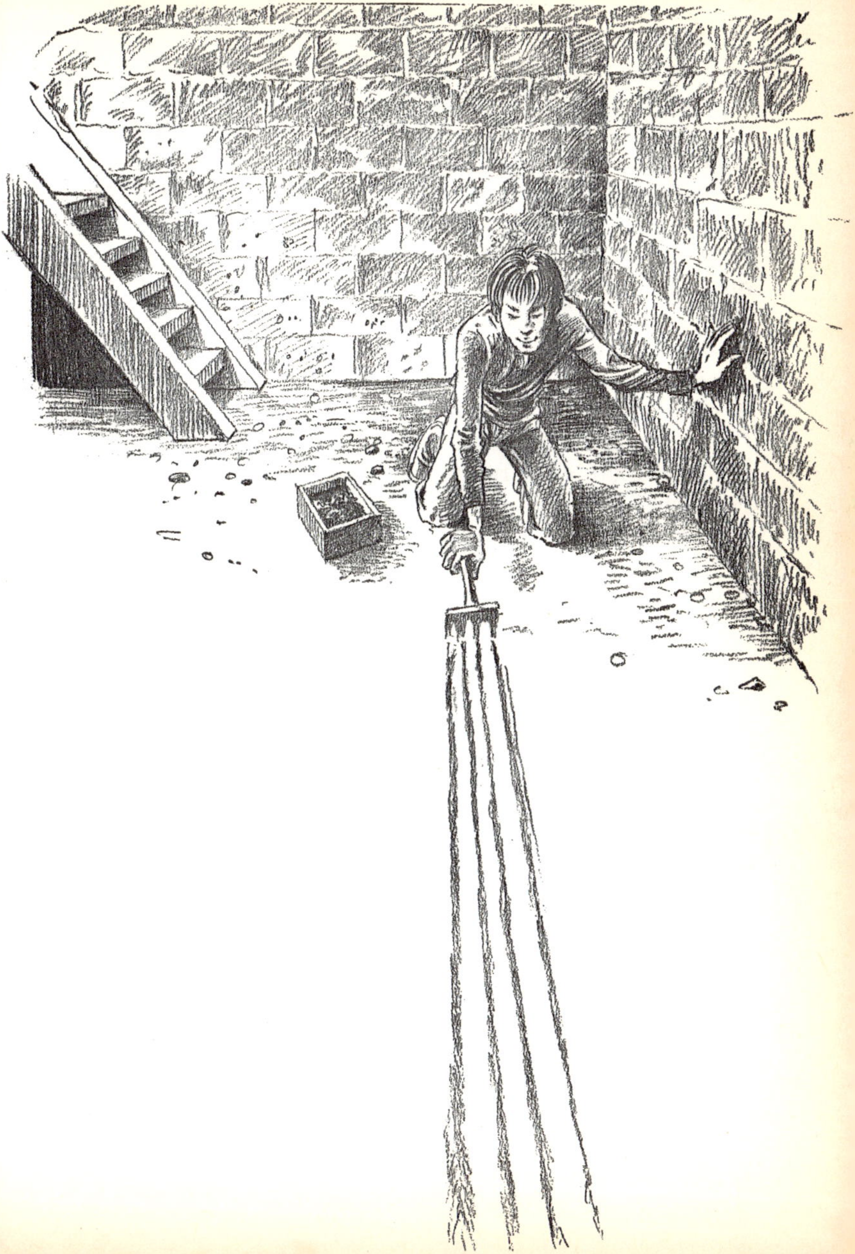

Fortnum se mit à rire :
— Bonne moisson, le fermier !

Tom leva les yeux et fit un signe de la main. Fortnum referma la porte, prit son épouse par le bras et l'entraîna vers la cuisine – le cœur content.

Peu avant midi, Fortnum, qui se rendait en voiture au marché voisin, aperçut Willis, un camarade du Rotary – professeur de biologie au lycée de la ville – qui, depuis le trottoir, lui faisait de grands signes éperdus. Fortnum freina et ouvrit la portière.

— Hé ! Roger ! Je t'embarque ?

Willis ne se le fit pas dire deux fois ; il sauta dans la voiture et claqua la portière.

— C'est la Providence qui t'envoie. Voilà des jours et des jours que j'ai besoin de te voir. Pour l'amour du ciel veux-tu bien faire le psychiatre pendant cinq minutes ?

La voiture roulait doucement. Fortnum considéra un instant son ami, puis :

— Pour l'amour du ciel je le veux bien. Vas-y.

Willis se rejeta en arrière et entreprit l'inspection des dix ongles de ses deux mains.

— Roulons encore un petit instant. Là ! C'est bon. Voici donc ce que j'avais besoin de te dire : – Écoute – il y a quelque chose qui ne va plus dans le monde.

Fortnum rit gentiment :

— Est-ce bien nouveau ?

— Non – non ! Ce que je veux dire... il se passe quelque chose d'étrange, quelque chose qu'on ne peut pas voir...

— Mrs. Goodbody, dit Fortnum – se parlant à lui-même –, et il freina.

— Mrs. Goodbody ?

— Ce matin, elle m'a fait une sortie sur les soucoupes volantes.

— Non.

Willis se mordit nerveusement l'articulation de l'index.

— Cela n'a aucun rapport avec les soucoupes, du moins je l'imagine. Dis-moi, qu'est-ce que c'est exactement que l'intuition ?

— Eh bien, disons la prise de conscience de quelque chose qui est resté longtemps subconscient. Mais ne va pas citer ton psychologue amateur !

Il rit de nouveau.

— Parfait ! C'est parfait !

Willis se tourna, le visage animé et se campa plus droit sur la banquette.

— C'est bien cela ! Pendant longtemps les choses s'accumulent, n'est-ce pas ? Et puis, tout d'un coup, tu as envie de cracher, mais tu n'as pas senti ta salive remplir petit à petit ta bouche ! Tu découvres que tu as les mains sales, mais tu ne sais pas comment elles se sont salies. Jour après jour la crasse tombe sur toi, et tu ne t'en rends pas compte, mais quand tu en as ramassé une couche assez épaisse – alors – tu la vois et tu l'appelles par son nom. Voilà, quant à moi, ce que j'appelle l'intuition.

— Alors ? Quelle espèce de crasse est tombée sur moi ?

— Un météore dans le ciel de la nuit ? Le temps bizarre d'un petit matin, juste avant l'aube ? Je ne sais pas. Certaines couleurs, certaines odeurs, la façon dont la maison craque à trois heures du matin ? Des picotements sur mon bras ? Tout ce que je sais, c'est que la maudite crasse s'est accumulée sur moi. Soudain je le découvre.

— Oh ! fait Fortnum d'une voix troublée, mais qu'est-ce donc au juste que tu découvres ?

Willis regardait ses mains posées sur ses genoux :

— J'ai peur. Je n'ai plus peur. Et puis j'ai peur, encore, au beau milieu du jour. Le docteur a vérifié ma machine, je me porte comme un charme. Pas de problèmes familiaux. Joe est un gentil petit garçon et un bon fils. Dorothée ? Dorothée est remarquable ! Auprès d'elle je ne crains pas de vieillir ni de mourir !

— Homme heureux !

— L'homme heureux a perdu l'usage de la chance. Je crève de peur, tu m'entends ? J'ai peur, pour moi, pour ma famille, en ce moment même pour toi !

— Pour moi ?

Ils s'étaient arrêtés au bord d'un terrain vague qui avoisinait le marché. Il y eut un instant de grand silence. Fortnum se tourna pour observer son ami. La voix de Willis lui avait glacé les veines.

— J'ai peur pour tout le monde, reprit Willis. Pour tes amis et pour les miens, pour les amis de mes amis, pour tous les autres, à perte de vue. C'est un peu bête, dis ?

Willis ouvrit la portière, descendit de la voiture et se retourna vers Fortnum avec un regard insistant.

Fortnum eut l'impression qu'il avait encore quelque chose à lui dire.

— Alors, qu'est-ce qu'il faut faire ?

Willis leva les yeux vers le soleil brûlant qui aveuglait le ciel et dit lentement :

— Rester sur le qui-vive ! Pendant quelques jours, surveiller tout ce qui se passe.

— Tout ?

— Nous ne faisons pas usage de la moitié des dons que Dieu nous accorde. Nous perdons les neuf dixièmes de notre temps. Il nous faut entendre davantage, toucher davantage, sentir davantage, goûter davantage. Il y a peut-être quelque chose d'anormal dans la façon dont le vent fait ondoyer les herbes de ce terrain, ou bien dans la façon dont le soleil s'est penché là-haut sur les fils téléphoniques, ou dans le chant des cigales qui se cachent dans les ormes. Si nous pouvions seulement faire une pause, regarder, écouter, pendant quelques jours, quelques nuits, et comparer nos impressions... Mais dis-moi donc de me taire !

— Pourquoi ? Ce n'était pas mal du tout, fit Fortnum, forçant la désinvolture. Donc, j'ouvrirai l'œil. Mais comment reconnaîtrai-je ce qu'il faut voir, si jamais je le vois ?

Willis posa sur lui un profond regard, pétri de sincérité, et lui répondit tranquillement :

— Tu le reconnaîtras. Il faut que tu le reconnaisses. Sinon nous sommes perdus, tous tant que nous sommes.

Fortnum referma la portière, ne sachant plus que dire. Il sentit la rougeur de la confusion lui monter au visage. Willis s'en rendit compte.

— Hugh ! Tu crois... que je suis déboussolé, dis ?

— Absurde ! s'écria Fortnum avec trop d'empressement. Je crois simplement que tu es un peu nerveux. Tu devrais prendre une semaine de repos.

Willis hocha la tête :

— Je te verrai lundi soir ?

— Quand tu voudras, Roger. Passe toujours, au hasard.

— Je l'espère bien, Hugh ! Oui, je l'espère sincèrement !

Willis avait déjà tourné les talons. A travers le terrain aux herbes brûlées, il marchait à grands pas vers l'entrée du marché. Fortnum le regarda s'éloigner et, soudain, il n'eut plus envie de bouger. Il se rendit compte qu'il aspirait l'air plus lentement, plus profondément ; il pesait le silence. Il passa la langue sur ses lèvres et découvrit leur goût de sel. Il regarda sa main posée sur la portière ; le soleil y allumait de petits poils blonds. Sur le terrain désert et immobile, le vent faisait une promenade secrète. Il se pencha pour regarder le soleil dont l'œil fixe répondit au sien en lui dardant un coup de lance fabuleux. Fortnum rentra brusquement la tête, poussa d'abord un grand soupir, puis éclata d'un rire sonore – après quoi il mit sa voiture en marche et s'éloigna.

Le verre de citronnade était frais et délicieusement paré de buée.
La glace chantait à l'intérieur du verre. La citronnade n'était ni trop acide, ni trop sucrée, mais exactement au point que le souhaitait son palais.
Les yeux clos, renversé dans sa berceuse d'osier qu'il avait poussée sur le péristyle – c'était la fin du jour – il savourait le rafraîchissement à petites gorgées. Les grillons grésillaient dans l'herbe de la pelouse.
Cynthia, qui lui faisait vis-à-vis, lui jetait des regards anxieux tout en tricotant ; il se sentait observé.
– Qu'est-ce que tu complotes ? dit-elle enfin.
– Cynthia, est-ce que ton intuition est en ordre de marche ? Fait-il un temps à tremblement de terre ? Faut-il nous préparer à être engloutis ? Va-t-on déclarer la guerre ? Ou bien serait-ce seulement que la rouille va faire périr notre pied-d'alouette ?
– Pas si vite. Laisse-moi décrocher mon trépied.
Il ouvrit les yeux pour voir Cynthia, à son tour, fermer les siens, et, les mains sur les genoux, se transformer en statue de pierre, puis elle hocha la tête et sourit.
– Non. Ni guerre ni déluge. Pas même une tache de rouille. Pourquoi ?
– Aujourd'hui j'ai rencontré une volée d'oiseaux de malheur, en tout cas deux et...
La porte de la maison s'ouvrit brusquement. Fortnum sursauta, comme s'il avait reçu un coup :
– Qu'est-ce que c'est ?

Tom, les bras chargés d'une grande clayette de bois, fit irruption sur la véranda.

– Oh! pardon... Ça ne va pas, petit père?
– Non! Rien!

Fortnum se leva de son fauteuil. Il éprouvait le besoin de faire jouer ses muscles.

– C'est ta récolte?

Tom s'avança fièrement.

– Une partie seulement! Quel succès, mes amis! En moins de sept heures, copieusement arrosées, voyez ce que ces diablesses de petites pelures sont devenues.

Il posa la clayette sur la table, entre père et mère.

Tom disait vrai, la récolte était abondante. Des centaines de petits champignons d'un brun grisâtre perçaient la terre humide.

– Dieu me damne! dit Fortnum les yeux écarquillés.

Cynthia avança la main pour toucher la clayette, puis la retira avec une sorte de vague dégoût.

– Je n'aime guère jouer les rabat-joie et cependant... il n'est pas possible que ce soit autre chose que des champignons inoffensifs, n'est-ce pas?

Tom regarda sa mère comme si elle l'avait insulté.

– Qu'est-ce que tu imagines? Que je vais te donner à manger de la moisissure empoisonnée?

– Tout juste! fit vivement Cynthia. Comment fais-tu donc pour les reconnaître?

– Je les mange. Si je résiste, c'est que l'espèce est bonne. Si je tombe raide, alors...

Tom partit d'un gros rire qui amusa son père, mais n'obtint de sa mère qu'une maigre grimace. Elle appuya la tête au dossier de son fauteuil.

– Ces... champignons ne me plaisent pas, dit-elle.
– Oh! Misère de misère!

Tom saisit la clayette avec un geste de colère.

— Ici, on encourage gratis. Qu'est-ce que vous attendez pour patronner un établissement de douches froides ?

Il s'éloigna, traînant les pieds d'un air découragé.

— Tom ! appela Fortnum.

— Laisse tomber ! Je sais bien qu'on ne fait confiance qu'aux vieilles barbes. J'abandonne.

Fortnum suivit le gamin. Comme il pénétrait dans la maison, clayette, terre, champignons dévalèrent pêle-mêle l'escalier qui descendait à la cave. Tom claqua la porte de son antre et s'enfuit dans le jardin.

Fortnum revint vers sa femme ; elle semblait désolée et détourna les yeux.

— Je regrette, dit-elle, je ne sais ce qui m'a forcée de parler ainsi à Tom. Il le fallait. Je...

Le téléphone sonna. Fortnum alla décrocher l'appareil et l'apporta sur la véranda.

— Hugh ?

C'était la voix de Dorothy Willis, mais une voix vieillie, apeurée.

— Hugh, Roger n'est pas chez vous, n'est-ce pas ?

— Dorothy ? Non, non, il n'est pas ici.

— Il est parti. Ses vêtements ne sont plus dans la penderie.

Elle se mit à pleurer.

— Ne perdez pas courage, Dorothy. J'arrive à l'instant.

— Il faut m'aider, Hugh ! gémit-elle. Il faut m'aider... Il lui est arrivé quelque chose, je le sais. Sans votre aide, Hugh, nous ne le reverrons plus jamais vivant.

Il raccrocha très lentement le récepteur où la petite voix prisonnière continuait de sangloter. La musique nocturne des cricris, soudain, lui parut assourdissante. Il sentit, l'un après l'autre, ses cheveux ras se dresser sur sa nuque.

Il essaya de ne pas y croire. « Voyons, c'est impossible ! C'est absurde ! Les cheveux ne peuvent pas faire ça ! Pas dans la vie réelle ! »

Pourtant, l'un après l'autre, avec un picotement léger, ses cheveux se dressaient sur sa nuque.

Les cintres de la penderie glissèrent en cliquetant sur leur tringle métallique. C'était vrai. Il ne restait plus un seul vêtement. Fortnum se retourna vers Dorothy Willis et Joe, son fils, qui se tenaient debout derrière lui.

– Je passais, dit Joe, j'ai vu la penderie vide, toutes les affaires de papa avaient disparu !

– Tout allait si bien, continua Dorothy. Pour nous la vie était merveilleuse. Je ne comprends pas. Oh ! non ! Non ! Je ne comprendrai jamais !

Elle porta ses mains contre son visage et se remit à pleurer.

Fortnum sortit de la penderie.

– Vous ne l'avez pas entendu dire qu'il allait partir ?

– On faisait une partie de catch devant la maison, dit Joe. Papa a dit qu'il devait rentrer une petite minute. J'ai fait un tour et, quand je suis revenu... plus personne !

– Il a dû faire sa valise en toute hâte et partir à pied. Sinon nous aurions entendu un taxi s'arrêter.

Ils traversèrent le vestibule.

– Je vais me renseigner à la gare et à l'aéroport.

Fortnum chercha ses mots :

– Dorothy... il n'y a jamais rien eu dans la vie de Roger ?

– Non ! Ce n'est pas un accès de démence.

Elle hésita.

– J'ai l'impression, je ne sais pourquoi, qu'il a été enlevé.

Fortnum fit un signe de dénégation.

– Il est bien improbable qu'il ait fait sa valise, qu'il ait quitté la maison, à pied, pour marcher à la rencontre de ses ravisseurs !

Dorothy ouvrit la porte comme pour inviter le vent de la nuit à envahir sa maison ; elle se retourna et, plongeant son regard vers les pièces ouvertes, elle dit d'une voix absente :

– Non. Ils sont entrés dans la maison, et qui sait comment ? C'est là, c'est sous nos yeux qu'ils l'ont emporté !

Puis elle dit encore :

– Il est arrivé une chose terrible !

Sur le seuil, Fortnum retrouva la nuit peuplée de grillons et d'arbres bruissants. « Les oiseaux de malheur jettent leurs prophéties. Mrs. Goodbody, Roger, maintenant la femme de Roger. Oui, quelque chose de terrible est arrivé. Mais quelle chose ? Oh mon Dieu ! Mais comment ? » Son regard passa de la mère à l'enfant. Le petit Joe, qui battait des paupières pour retenir ses larmes, se détourna, traversa lentement le vestibule et s'arrêta devant une porte dont il se mit à taquiner le bouton d'une main distraite ; c'était la porte de la cave.

Fortnum sentit ses paupières se contracter, ses pupilles se rétrécir, comme pour saisir avec netteté une image dont il importait de ne pas perdre le souvenir. Joe poussa la porte de la cave, descendit quelques marches. Et disparut.

La porte se referma toute seule.

Fortnum allait parler, mais il sentit la main de Dorothy prendre la sienne. C'est elle qu'il lui fallait regarder.

– Je vous en prie, dit-elle. Trouvez-le, pour moi.

Il posa un baiser sur sa joue.

– ... Si c'est humainement possible, Dorothy.

Si c'est humainement possible ! Grand Dieu ! Pourquoi avoir choisi ces mots ?

Il disparut dans la nuit d'été.

Un hoquet – un chuintement – un hoquet – un chuintement – une aspiration asthmatique – un éternuement vaporifique. Est-ce un homme qui meurt dans l'ombre ? Non pas – mais tout simplement Mrs. Goodbody, invisible derrière la haie, encore sur la brèche à la nuit close, sa grande seringue braquée sur l'ennemi, l'éperon du coude en bataille. Fortnum, qui regagnait son domicile, se sentit enveloppé au passage par l'odeur douceâtre de l'insecticide.
– Mrs. Goodbody ? Encore à l'ouvrage ?
La voix de la dame jaillit de la haie noire :
– Oui, certes, par les mille diables ! Les pucerons, les nèpes, les artisons – et maintenant, allez donc voir ! le *marasmius oreades* ! Seigneur Dieu ! Qu'il grandit donc vite !
– Qui grandit vite, Mrs. Goodbody ?
– Le *marasmius oreades,* évidemment ! Furieuse bataille, Mr. Fortnum ! Ce sera lui ou moi, et j'ai bien l'intention de gagner ! Attrape ! A mort ! A mort !
Il dépassa la haie, la seringue poussive, la voix grinçante et retrouva Cynthia qui l'attendait, debout sur la véranda, comme se préparant à renouer le fil des choses là où Dorothy l'avait lâché quelques minutes auparavant sur le seuil de la porte.
Fortnum allait parler – une ombre passa – on entendit un craquement – le grincement d'une poignée de porte – Tom s'escamota dans le sous-sol. Fortnum tituba, comme si un plaisantin lui avait allumé un pétard en plein visage. Les choses prenaient cette familiarité sourde des rêves éveillés, où chaque geste est précédé par son souvenir, chaque parole connue avant d'être prononcée.
Il se retrouva fixant des yeux la porte close du sous-sol. Cynthia, l'air amusé, le fit entrer dans la maison.

— Comment ? Tom ? Oh ! J'ai cédé ! Il a l'air de tenir tant à ces maudits champignons ! D'ailleurs, ils sont tombés si gentiment quand Tom les a jetés du haut des marches, sans une égratignure...

Fortnum s'entendit demander :
— Vraiment ?

Cynthia le prit par le bras.
— Et Roger ?
— Il est parti. C'est bien vrai.
— Oh ! les hommes ! les hommes ! les hommes !
— Tu te trompes. Depuis dix ans je rencontre Roger chaque jour. Quand on connaît aussi bien un homme, on sait tout ce qui se passe chez lui. La mort n'est jamais venue lui chuchoter des mots doux à l'oreille, pas encore. La peur ne l'a jamais jeté aux trousses de l'immortelle jeunesse. En un mot, il n'effeuille pas la marguerite dans le champ du voisin. Ça non ! Je peux le jurer. J'y jouerais mon dernier dollar ! Roger...

Dans son dos la sonnette tinta. Le télégraphiste était monté sans bruit sur la véranda ; il était debout tout près d'eux, un télégramme à la main.
— Fortnum ?

Cynthia alluma la lampe du vestibule tandis que Fortnum fendait l'enveloppe et défroissait la feuille.

EN ROUTE NOUVELLE-ORLÉANS. PROFITE INSTANT PAS SURVEILLÉ. DEVEZ REFUSER TOUS COLIS EXPRÈS. — ROGER.

Cynthia releva les yeux.
— Je ne comprends pas. Qu'est-ce qu'il veut dire ?

Mais Fortnum avait déjà décroché le téléphone ; d'un doigt rapide il fit tourner le cadran — une seule fois.
— Allô ! Mademoiselle ! Passez-moi la police. Faites vite !

A dix heures un quart, le téléphone sonna, pour la

sixième fois de la soirée. Fortnum décrocha et lâcha aussitôt un grand soupir.

— Roger ! Mais où es-tu ?

C'est une voix insouciante et presque amusée qui lui répondit :

— Où je suis ? Bon Dieu ! Tu sais fort bien où je suis puisque c'est toi qui m'y as envoyé ! Je devrais même être fort en colère.

Fortnum fit un signe à Cynthia qui se hâta de prendre la ligne sur le deuxième récepteur dans la cuisine. Aussitôt qu'il eut entendu le léger déclic il reprit :

— Roger, je te jure que je ne sais rien ! J'ai reçu ton télégramme et...

— Quel télégramme ? interrompit la voix joviale. Je n'ai pas envoyé de télégramme. J'étais installé tranquillement dans mon train, en route vers le sud, quand ces messieurs de la police ont envahi en force le compartiment. On m'a fait descendre et on m'a poussé dans le panier à salade. Maintenant je te demande de me faire relâcher. Hugh, si c'est une plaisanterie...

— Enfin, Roger, c'est toi qui as pris le large et...

— Un voyage d'affaires ! Si c'est ça que tu appelles prendre le large ! Dorothy était prévenue, Joe aussi.

— Je suis de plus en plus perdu ! Roger, écoute-moi. Tu n'es pas en danger ? On ne te fait pas chanter ? On ne t'oblige pas à me raconter cette histoire incroyable ?

— Je me porte comme un charme, je suis libre de mes paroles et je ne vois pas ce que je pourrais craindre.

— Mais, Roger... ces appréhensions ?

— Tu me fais honte ! Mon cher, oublie ces fadaises et reconnais que j'en ai l'air bien guéri !

— C'est vrai, Roger ?

— Alors ? Un bon mouvement ! Joue les princes

magnanimes et rends-moi la liberté. Vois Dorothy. Dis-lui que je serai de retour dans cinq jours. Mais comment aurait-elle pu oublier ?

— Elle a oublié, Roger. Donc, on te voit dans cinq jours ?

— Cinq jours. Juré !

La voix était chaleureuse, séduisante. C'était bien le Roger de naguère. Fortnum hocha la tête.

— Roger ! C'est la journée la plus insensée que j'aie jamais vécue ! Tu n'abandonnes pas Dorothy, dis ? A moi tu peux te confier.

— J'aime Dorothy de tout mon cœur. Tiens, voilà le lieutenant Parker, de la police de Ridgetown. Au revoir, Hugh !

— Au r...

Mais le lieutenant Parker avait pris l'appareil. Il était fort bavard et fort mécontent. Pour quel motif précis ce Mr. Fortnum avait-il entraîné la police dans une affaire aussi désagréable ? Quel jeu jouait-il ? Pour qui prenait-il le lieutenant Parker ? Persistait-il, oui ou non, à réclamer que l'on retienne son prétendu ami, ou bien lui prenait-il la soudaine fantaisie de demander qu'on le relâche ?

— Qu'on le relâche !

Ayant réussi à glisser ces simples quatre mots entre deux rafales verbales du lieutenant Parker, Fortnum raccrocha ; il imagina qu'il entendait une voix criant : « En voiture ! » et le bruit d'un train quittant une gare, à trois cents kilomètres de là, vers le sud, au cœur d'une nuit toujours plus noire.

Cynthia rentra très lentement dans le salon.

— J'ai l'impression de rêver !

— Tu n'es pas la seule !

— Qui a pu envoyer ce télégramme ? Et pourquoi ?

Il se versa un scotch et resta debout au milieu de la pièce, les yeux fixés sur le verre qu'il tenait à la main. Rompant un long silence, Cynthia dit enfin :

— Je suis soulagée d'apprendre que Roger va bien.
— Il ne va pas bien.
— Mais, tu viens de dire...
— Je n'ai rien dit du tout. Évidemment, on n'allait pas l'arracher de ce train, le ficeler comme une volaille et l'expédier dans ses foyers, du moment qu'il nous assurait qu'il allait le mieux du monde. C'est bien vrai, n'est-ce pas ? Il a envoyé le télégramme et, après l'avoir envoyé il a changé d'avis. Pourquoi ? Pourquoi ? Pourquoi ?

Fortnum arpentait la pièce en buvant son whisky à petites gorgées.

— Pourquoi nous mettre en garde contre les colis exprès ? Le seul colis de ce genre que nous ayons reçu cette année, c'est celui qui est arrivé ce matin, pour Tom...

Sa voix se dénoua. Avant qu'il ait pu faire un geste, Cynthia s'était précipitée jusqu'à la corbeille à papiers d'où elle repêchait l'emballage froissé.

Elle lut le timbre de départ : Nouvelle-Orléans, La.

— La Nouvelle-Orléans ? Mais, Hugh, Roger vient de partir pour La Nouvelle-Orléans ?

Dans la mémoire de Fortnum, un bouton de porte grinça, une porte s'ouvrit et se referma. Mais un autre bouton de porte grince, une autre porte s'ouvre toute grande et se referme. On sent une odeur de terre humide.

Fortnum se retrouva devant le téléphone, le doigt sur le cadran. Il attendit longtemps. La voix lointaine de Dorothy répondit enfin. Il la vit assise, dans une grande maison vide, où toutes les lampes étaient allumées. Il lui parla très tranquillement pendant une minute puis, s'éclaircissant la voix :

— Dorothy, dit-il, écoutez-moi. Je sais que ma question va vous paraître absurde mais... n'auriez-vous pas reçu, ces derniers jours, un colis exprès ?

Elle répondit, d'une voix éteinte :
- Non.

Puis, se reprenant :
- Non, attendez... Si... il y a trois jours. Mais j'imaginais que vous étiez au courant, tous les gamins du quartier s'y sont mis.

Fortnum souligna bien chaque mot :
- Mis à quoi ?
- Pourquoi cette question ? Il n'y a rien de méchant à cultiver des champignons, n'est-ce pas ?

Fortnum ferma les yeux.
- Hugh ? Êtes-vous toujours là ? Je disais qu'il n'y avait rien de mal à...
- A cultiver des champignons, reprit-il après un silence. Non, rien de mal, rien de mal.

Lentement, il raccrocha le téléphone.

Les rideaux se gonflaient, pareils à des voiles de clair de lune, la pendule poursuivait son tic-tac infini. L'univers de l'après-midi se glissait dans la chambre et l'inondait tout entière. Il entendait la voix claire de Mrs. Goodbody résonner dans l'air du matin — il y avait de cela un million d'années. Il entendait la voix de Roger voilant le soleil de midi. Il entendait le lieutenant de police le maudire au téléphone. Et puis, encore la voix de Roger emportée dans le fracas de la locomotive, toujours, toujours plus loin, jusqu'à se perdre. Et derechef, la voix de Mrs. Goodbody derrière la haie : « Seigneur ! Comme ils poussent vite ! »
- Et qui donc ?
- Les *marasmius oreades*.

Il ouvrit brusquement les yeux et s'assit dans son lit.

Un moment après, il était au rez-de-chaussée, penché sur un énorme dictionnaire dont les pages coulaient entre ses doigts. Soulignant de l'index les lignes de l'article, il lut : *Marasmius oreades*, espèce de champignon commune sur les pelouses en été et aux premiers jours de l'automne. Le livre se referma en claquant.

Fortnum sortit dans la profonde nuit d'été, alluma une cigarette et se mit à fumer paisiblement.

Un météore tomba dans l'espace où il se consuma en un instant. Les arbres bruissaient avec douceur. La porte de la maison claqua. Cynthia marcha vers Fortnum, enveloppée d'un peignoir.

— Je n'arrive pas à dormir.
— Il fait trop chaud, peut-être ?
— Non, il ne fait pas chaud.
— C'est vrai, dit-il, palpant ses bras ; il fait même froid.

Il tira deux bouffées de sa cigarette et ajouta, sans regarder Cynthia :

— Et si...

Sa gorge se serra, il s'interrompit un instant.

— Oui, si Roger ne s'était pas trompé ce matin ? Si Mrs. Goodbody, elle non plus, ne s'était pas trompée ? Cynthia, il se passe en ce moment quelque chose de terrible. Imagine...

Il fit un signe de tête vers le ciel aux mille milliers d'étoiles.

— Imagine que des objets venus d'autres mondes soient en train d'envahir la Terre.
— Hugh...
— Non laisse. Laisse-moi déraisonner.
— Hugh ! Hugh ! Une invasion comme celle dont tu parles, cela se voit, cela se remarque...
— Disons que nous l'avons seulement entrevue, nous avons perçu l'inconnu, éprouvé son malaise. Mais quel inconnu ? Comment la Terre pourrait-elle être envahie ? Par quelles créatures ? Et de quelle manière ?

Cynthia regarda le ciel ; elle voulut parler mais il l'interrompit :

— Oh non ! Ni météores, ni soucoupes voulantes, ni rien de ce que nous pouvons voir de nos yeux. Mais aux bactéries, y pense-t-on ? Elles peuvent nous arriver de l'espace...

— Oui, je l'ai vu.

— Chaque seconde, des spores, des semences, des virus, des graines de pollen, bombardent sans doute par milliards l'atmosphère terrestre – et depuis des millions d'années. Nous sommes là, assis tous les deux sous leur pluie invisible. Elle tombe sur le pays tout entier, sur les grandes cités et sur les petites villes – à l'instant même, elle tombe sur notre pelouse...

— Notre *pelouse* ?

— Qui est aussi celle de Mrs. Goodbody. Mais notre bonne jardinière et ses pareils arrachent sans répit la mauvaise herbe, répandent des poisons, extirpent les champignons vénéneux ; il serait quasiment impossible qu'aucune forme de vie *anormale* puisse prendre racine dans nos cités. Le climat pose un autre problème. Les régions du Sud réunissent sans doute les conditions les plus favorables – l'Alabama, la Georgie, la Louisiane. Sur les bords marécageux des bayous, *ils* pourraient atteindre une jolie taille...

Mais Cynthia se mit à rire.

— Oh ! non ! Tu ne veux pas dire vraiment, Hugh que cette société des Serres du Grand Bayou – où de je ne sais où – qui a expédié le colis de Tom, est dirigée et manipulée par des champignons hauts de un mètre quatre-vingts venus d'une autre planète.

— Dit sur ce ton, cela paraît un peu drôle...

— Un peu drôle ? Mais c'est de la folie douce, Hugh !

Elle plongea la tête en arrière, d'un geste délicieux.

— Vingt dieux ! s'écria-t-il, pris d'une irritation soudaine. Il se passe tout de même *quelque chose* ! Je surprends Mrs. Goodbody en train d'arracher et d'empoisonner à grands jets de seringue le *marasmius oreades*. Qu'est-ce que le *marasmius oreades* ? Un certain champignon. Or, le même jour – et tu diras sans doute par pure coïncidence – nous recevons par colis exprès, quoi donc ? des champignons pour Tom. Et ce n'est qu'un commencement. Je rencontre Roger, bouleversé ; il m'annonce qu'il n'a peut-être plus que quelques jours à vivre. Dans les heures qui suivent il disparaît – et puis il nous télégraphie pour nous conjurer de refuser quoi ? les champignons, le colis exprès que Tom a reçu le matin même ! Le fils de Roger aurait-il reçu les jours précédents un colis tout pareil à celui de Tom ? Mais oui donc ! D'où sont expédiés ces colis ? De La Nouvelle-Orléans ! Et Roger, le disparu, où va-t-il ? A La Nouvelle-Orléans ! Tu comprends, Cynthia ? Tu comprends ? Si ces petits faits isolés ne s'imbriquaient pas aussi singulièrement, je n'y prendrais pas garde ! Mais tous font partie du même jeu ; Mrs. Goodbody, Roger, Tom, Joe, La Nouvelle-Orléans, champignons et colis !

Cynthia étudiait le visage de son mari ; plus calme maintenant, mais encore amusée :

– Il ne faut pas te mettre en colère !

– Je ne suis pas en colère !

C'était presque un cri – mais il s'arrêta craignant que ce cri ne se transforme en éclat de rire, ce qu'en somme il ne désirait pas. Il se mit à regarder attentivement les maisons voisines et imagina des caves ténébreuses, des gamins qui lisaient le *Petit Mécano* et qui envoyaient leurs économies par millions pour faire pousser des champignons ! Il se revit au même âge, écrivant sans se lasser pour recevoir des produits chimiques, des graines, des tortues, tout un échantillonnage inépuisable d'onguents et de baumes écœurants. Dans combien de millions de foyers américains, des milliards de champignons étaient-ils en train de pousser, à cette heure, grâce aux soins de mains innocentes !...

— Hugh ?

Cynthia avait posé la main sur son bras.

— Même très gros, les champignons ne pensent pas, ne bougent pas, ils n'ont ni bras, ni jambes... Comment pourraient-ils organiser un service de commandes et devenir les fournisseurs du monde ? Allons, donne-moi la main, Hugh, viens les regarder, tes petits monstres, tes redoutables démons !

Elle l'entraîna jusqu'à la porte du logis et se dirigea vers la cave — mais il s'arrêta, fit un signe de refus ; un sourire penaud passa sur ses lèvres :

— Non ! Non ! Je sais très bien ce qui nous attend va ! Tu as gagné ! Cette histoire ne tient pas debout ! Roger sera de retour la semaine prochaine et, tous ensemble, nous prendrons une bonne cuite ! Remonte te coucher. Je prends un lait chaud et je te rejoins dans une minute.

— Voilà qui est mieux !

Elle l'embrassa gentiment sur les deux joues, le serra dans ses bras et monta jusqu'à sa chambre.

Il entra dans la cuisine, prit un verre, ouvrit le Frigidaire. Il inclinait déjà la carafe de lait lorsqu'il s'arrêta soudain. Presque au bord du plateau supérieur était posée une petite terrine jaune. Mais ce n'est pas la terrine qui retenait son attention, c'est ce qu'il y avait dedans.

Des champignons tout frais cueillis !

Il resta debout, immobile, pendant trente secondes ; son haleine givrait les parois du Frigidaire ; puis il tendit la main, prit la terrine, la renifla, tâta les champignons. Il sortit enfin de la cuisine, emportant le récipient jaune.

En entendant Cynthia qui marchait dans sa chambre à coucher, il leva les yeux vers le haut de l'escalier et faillit appeler : « Cynthia, c'est toi qui as mis *ça* dans le Frigidaire ? » Mais il se retint. Il connaissait la réponse. Ce n'était pas Cynthia.

Il posa la terrine de champignons sur le pilastre de la rampe, au bas de l'escalier, et resta debout à les contempler. Il s'imagina revenu dans son lit, un peu plus tard, regardant la muraille, et puis le plafond, et les fresques dessinées par la lune à travers la fenêtre ouverte. Il s'entendit chuchoter :

– Cynthia ?

Et elle répondre :

– Oui ?

Et lui :

– Les champignons connaissent un moyen pour se faire pousser bras et jambes.

Et elle :

– Quel moyen ? incorrigible farceur, quel moyen ?

Devant son rire moqueur il s'armerait de courage et poursuivrait :

– Qu'arriverait-il à un homme qui se promènerait sur le bord des marais, cueillerait le champignon et le mangerait ?

Cynthia ne répondrait pas.

– Et si, ayant pénétré dans le corps de l'homme, le champignon s'insinuait dans ses veines, envahissait son sang, s'emparait de chacune de ses cellules et le métamorphosait tout entier, de telle sorte qu'il cesse d'être un homme pour devenir un... Martien ? Si cette théorie était exacte, le champignon aurait-il besoin de posséder en propre des bras et des jambes ? Nullement, car il emprunterait aux hommes leurs membres, vivrait en eux, deviendrait *eux*. Roger a mangé les champignons que son fils lui avait donnés. Roger est devenu « quelque chose d'autre ». Il a organisé son propre enlèvement – mais, dans un dernier éclair de conscience, un dernier sursaut de sa personnalité véritable, il nous a télégraphié de refuser le colis de champignons. Le Roger qui nous a téléphoné plus tard n'était déjà plus Roger mais le prisonnier de la *chose* qu'il avait mangée ! Cynthia ! N'est-ce pas là l'explication la plus vraisemblable ? Reconnais-le, reconnais-le...

– Non, répondrait la Cynthia imaginaire, non, ce n'est pas cela !...

Il y eut un bruit imperceptible du côté de la cave. Un murmure, quelque chose qui bouge. Détachant son regard de la terrine jaune, Fortnum se dirigea vers la porte de la cave et y colla l'oreille.

– Tom ?

Pas de réponse.

– Tu es là, Tom ?

Pas de réponse.

– Tom ?

Après un long silence, la voix de Tom monta de l'antre.

– Oui, papa ?

– Il est minuit passé, dit Fortnum, se forçant avec peine à ne pas élever trop la voix. Qu'est-ce que tu fais là si tard ?

Pas de réponse.

– J'ai dit...

– Je surveille ma récolte, répondit une toute petite voix blanche.

– C'est bon. Remonte immédiatement. Tu m'entends, Tom ?

Silence.

– Tom ? Écoute-moi. Aurais-tu mis ce soir des

champignons dans le réfrigérateur – et si c'est toi, pourquoi as-tu fait ça ?

Il s'écoula bien dix secondes avant que le petit garçon réponde :

– Pour que vous les mangiez, toi et maman, pardi !

Fortnum entendait son cœur battre à coups précipités ; il dut prendre trois grandes respirations avant de pouvoir ajouter un mot :

– Dis-moi, Tom, tu n'as pas, par hasard, goûté à un de ces champignons, n'est-ce pas ?

– Drôle de question ! Si, justement, ce soir, après le dîner, en sandwich. Et pourquoi ?

Fortnum s'agrippa au bouton de la porte. Maintenant, c'était lui qui ne répondait plus. Ses genoux fondaient, il essayait de lutter contre l'envahissement de l'absurde. Il voulut répondre au « pourquoi » de Tom : « Pour rien », mais ses lèvres ne lui obéirent pas.

– Papa, appela gentiment le petit Tom, descends, viens.

Puis, après un silence :

– Je voudrais que tu voies ma récolte.

Fortnum sentit le bouton de la porte glisser dans sa main moite. Le pêne grinça. Il haletait.

– Papa, appela Tom avec douceur.

Fortnum ouvrit la porte.

La cave était absolument noire.

Il étendit la main vers le commutateur.

Comme s'il devinait, du fond de l'obscurité, le geste de son père, Tom dit :

– Arrête ! La lumière fait mal aux champignons.

Fortnum retira sa main du commutateur. Il avala sa salive. Il regarda, derrière lui l'escalier qui pouvait encore le conduire jusqu'à Cynthia et il pensa :

« Il faudrait peut-être que je lui dise adieu. Mais...

Quelle drôle d'idée... Pourquoi, je vous le demande, ai-je d'aussi drôles d'idées ? Pour rien. N'est-ce pas ? »

– Tom, dit-il d'un ton badin. Prêt ou pas prêt, me voilà !

Et, refermant la porte, il s'enfonça dans les ténèbres.

(Extrait de : Les Machines à bonheur, *traduit de l'anglais par Jean-Pierre Harrison.)*

La sirène

Là-bas, au loin, entourés d'eau glacée, à l'écart de toute terre, pareils à deux oiseaux planant dans un ciel de plomb, nous attendions chaque soir – McDunn et moi – la montée du brouillard. Nous graissions la machinerie en cuivre, allumions le phare en haut de la tour de pierre et envoyions vers l'horizon le faisceau de lumière rouge, blanche, puis rouge à nouveau, pour guider les bateaux solitaires. Et s'ils ne voyaient pas notre lumière, ils pouvaient du moins entendre notre voix, le grand mugissement profond de notre Sirène, vibrant à travers le brouillard cotonneux, effrayant les mouettes qui s'envolaient au loin comme des jeux de cartes dispersés et faisant se dresser, écumantes, les vagues.

– C'est une vie bien solitaire, mais tu t'y es habitué à présent, n'est-ce pas ? me demanda McDunn.

– Oui, lui répondis-je. Vous êtes un merveilleux compagnon, Dieu soit loué.

– Et voilà ! Demain c'est ton tour d'aller à terre, dit-il en souriant, danser avec les filles et boire quelques lampées de gin.

– Je me demande à quoi vous pensez, McDunn, tout au long des jours, lorsque je vous laisse seul ici ?

— A tous les mystères de la mer.

McDunn alluma sa pipe. C'était vers les sept heures un quart d'une soirée froide de novembre, nous avions allumé un feu ; le phare lançait son faisceau de lumière dans deux cents directions successives et la Sirène haut perchée mugissait dans le gosier de la tour. Il n'y avait pas de village sur la côte à cent milles à la ronde ; à peine une route solitaire qui s'acheminait vers la mer, à travers la lande déserte, route que peu de voitures empruntaient, puis l'étendue d'eau glacée, large de deux milles, qui séparait notre rocher de la terre ferme et où passaient quelques rares bateaux.

— Les mystères de la mer ! dit McDunn pensif. L'Océan, vois-tu, est la plus damnée mare de neige fondue qu'on ait jamais inventée. Il roule et brasse mille formes et couleurs sans que deux d'entre elles s'y ressemblent. Et parfois des choses étranges s'y passent. Tiens, une nuit, il y a des années de cela, j'étais ici, seul, et tous les poissons de la mer sont montés à la surface. Là, devant. Quelque chose les retenait là, au milieu de cette baie où ils s'ébattaient dans une sorte de frémissement, sans cesser de contempler la lumière du phare qui se déversait sur eux rouge, blanche, rouge, blanche, et dans laquelle apparaissaient leurs drôles d'yeux. J'étais transi de peur. Ils ressemblaient à une énorme queue de paon déployée sur la mer. Ils y sont restés jusqu'à minuit. Puis, sans bruit, ils ont filé. Ce million de poissons, en quelques minutes, a disparu. J'ai comme une idée qu'ils n'avaient fait tout ce long chemin que pour venir adorer la lumière ! C'est étrange ! Mais essaie un instant d'imaginer ce que devait être pour eux le spectacle de cette tour de pierre s'élevant de soixante-dix pieds au-dessus de l'eau. Le dieu Lumière jetant ses éclats et la tour poussant ses cris de monstre. Ils ne sont jamais revenus, ces poissons ; mais ne crois-tu pas que lorsqu'ils étaient là, ils pensaient être en présence de la Divinité ?

Je frissonnai. Je regardai dehors l'étendue grise de la mer se perdre au loin dans le néant, le nulle part.

— Oh, rien n'a pu entamer la mer.

McDunn tira nerveusement sur sa pipe en clignotant des paupières. Il avait été nerveux toute la journée, sans dire pourquoi.

— Malgré toutes nos machines, nos soi-disant sous-marins, il se passera des milliers de siècles avant que nous mettions vraiment le pied dans les contrées du fond de l'abîme, dans les royaumes enchantés, avant que nous connaissions la *vraie* peur. Essaie d'y penser un peu. Là-bas, on en est encore à l'an 300 000 avant le Christ. Pendant qu'ici nous défilons au son des trompettes, pendant que nous nous arrachons les uns aux autres nos pays et nos têtes, eux, là-bas, à douze milles de profondeur glacée, ils ont continué à vivre en une époque aussi ancienne que la queue d'une comète.

— Oui vraiment, un monde bien ancien !

— Viens. J'ai quelque chose de particulier à te dire.

Nous montâmes les quatre-vingts marches, discourant, sans nous presser. Arrivés en haut, McDunn éteignit les lumières pour qu'elles ne se réfléchissent pas dans les glaces du phare. Le grand œil lumineux bourdonnait, glissant facilement dans son alvéole huilé. La Sirène mugissait régulièrement toutes les quinze secondes.

— Ça crie comme une bête, n'est-ce pas ?

McDunn opina de la tête pour lui-même.

— Une grosse bête solitaire, hurlant à la nuit. Debout au seuil de dix millions d'années, appelant vers les profondeurs : « Je suis là ! Je suis là ! Je suis là ! » Et les profondeurs vont répondre, oui, elles vont le faire. Tu es là depuis trois mois, Johnny, et j'aime mieux te prévenir. Vers cette époque de l'année, continua-t-il scrutant les ténèbres et le brouillard, quelque chose vient visiter le phare.

— Le banc de poissons dont vous parliez ?

— Non, quelque chose d'autre. J'ai tardé à te le dire de peur que tu ne penses que je suis fou. Mais cette nuit je ne peux plus attendre, car si mon calendrier ne me trompe pas depuis l'année dernière, c'est cette nuit qu'il doit venir. Je ne te donnerai aucun détail, tu verras toi-même. Assieds-toi là et attends. Demain, si tu le juges bon, tu feras ton baluchon, tu prendras la chaloupe pour retourner à terre, tu monteras dans la voiture parquée près de la jetée sur le promontoire et tu t'en iras vers quelque petit village dans les terres où la nuit venue tu t'endormiras en gardant la lumière allumée. Je ne te poserai pas de questions et je ne te blâmerai pas. Cela est arrivé pour la première fois il y a trois ans et c'est la première fois, depuis cette date, qu'il y a quelqu'un près de moi, pour le vérifier. Prends patience et ouvre les yeux.

Une demi-heure passa pendant laquelle il n'y eut entre nous que quelques chuchotements. Comme nous commencions à être las d'attendre, McDunn se mit à m'exposer quelques-unes des idées qui lui trottaient depuis longtemps dans la tête. Ainsi, il avait une théorie à lui sur la Sirène du phare.

— Par un jour glacial et sans soleil, il y a de cela des années, un homme qui passait sur le rivage s'est arrêté pour écouter le bruit que faisait l'Océan, et s'est dit : « Nous aurions besoin d'une voix qui, par-dessus les étendues d'eau, appelle, prévienne les bateaux. Je m'en vais en fabriquer une. Une voix qui rassemble en elle le temps passé et tous les brouillards qui se sont jamais abattus sur la Terre ; une voix pareille à la couche auprès de laquelle on passe toute une nuit, pareille au silence qui vous accueille dans une maison abandonnée lorsqu'on ouvre la porte, et pareille aux arbres d'automne qui n'ont plus de feuilles. Une voix qui sonne comme le cri des oiseaux émigrant vers le sud, comme le vent de novembre et comme la mer frappant la pierre froide du rivage. Elle résonnera si solitaire que personne ne pourra manquer d'être saisi ni empêcher son âme de pleurer, que la chaleur du feu en paraîtra plus douce, la sécurité de l'abri plus grande à celui qui, dans quelque ville lointaine, l'entendra. Je ferai une voix avec son mécanisme et ils l'appelleront une Sirène ; elle leur rappellera toujours la tristesse de l'éternité et la brièveté de la vie. »

La Sirène mugit.

— J'ai inventé cette histoire, conclut tranquillement McDunn, pour essayer de t'expliquer pourquoi cette chose continue à revenir chaque année vers le phare. La Sirène, je pense, l'appelle, et elle vient.

— Mais...

— Chut ! fit McDunn. Là !

De la tête, il m'indiqua l'obscurité, au-dehors.

Quelque chose en effet approchait du phare, en nageant.

Comme je l'ai déjà dit, la nuit était froide. La haute tour paraissait de glace, la lumière allait et venait, et la Sirène appelait, appelait à travers l'épaisseur du brouillard. On ne pouvait voir ni bien loin ni clair, mais la mer était là, se ruant vers la terre enténébrée, unie et calme, couleur de boue sale ; nous étions tous deux seuls dans la haute tour et là-bas, devant nous, encore assez loin, il y avait un remous, suivi d'une vague, et quelque chose qui s'élevait dans un bouillonnement d'écume. Tout à coup, à la surface glacée de la mer, une tête parut, une grosse tête sombre avec des yeux immenses ; puis un cou. Venait ensuite – non pas un corps – mais le cou interminable, encore et toujours. La tête se dressait à présent à quarante pieds au-dessus de l'eau sur un cou frêle, beau et sombre. C'est alors seulement que, peu à peu, le corps sortit de la mer, pareil à une petite île de corail noir, couverte de coquillages et de crustacés. Enfin, on vit ondoyer une queue. En tout, de la tête au bout de la queue, j'estime que le monstre devait avoir quatre-vingt-dix à cent pieds.

Je ne me souviens pas de ce que j'ai pu dire, mais je sais que j'ai dit quelque chose.

– Courage, mon garçon, courage, chuchota McDunn.

– Ce n'est pas possible, je rêve !

– Non, Johnny, c'est notre vie actuelle qui est un rêve. Ce que tu vois devant toi, c'est la vie telle qu'elle était il y a dix millions d'années. Elle, elle n'a pas changé. C'est nous qui avons changé, nous et la terre, et c'est nous qui vivons dans un rêve. Nous.

Le monstre nageait au loin, dans l'eau glacée, lentement, avec une majesté sombre. Autour de lui le brouillard se déplaçait, estompant parfois son contour. La puissante lumière du phare frappa et alluma l'œil de la bête qui la réfléchit, rouge, blanche ; on eût dit un disque haut perché envoyant des signaux lumineux dans un code primitif. Tout cela silencieux comme le brouillard à travers lequel le monstre se déplaçait.

– C'est un dinosaure ou quelque animal de cette époque !

Je m'accroupis, m'agrippant à la rampe de l'escalier.

– Oui, de la même famille en tout cas.

– Mais ils ont disparu.

– Non, ils se sont simplement enfoncés dans les profondeurs. Loin, loin, dans les plus grandes profondeurs de l'abîme. Les profondeurs ! Ce n'est pas un

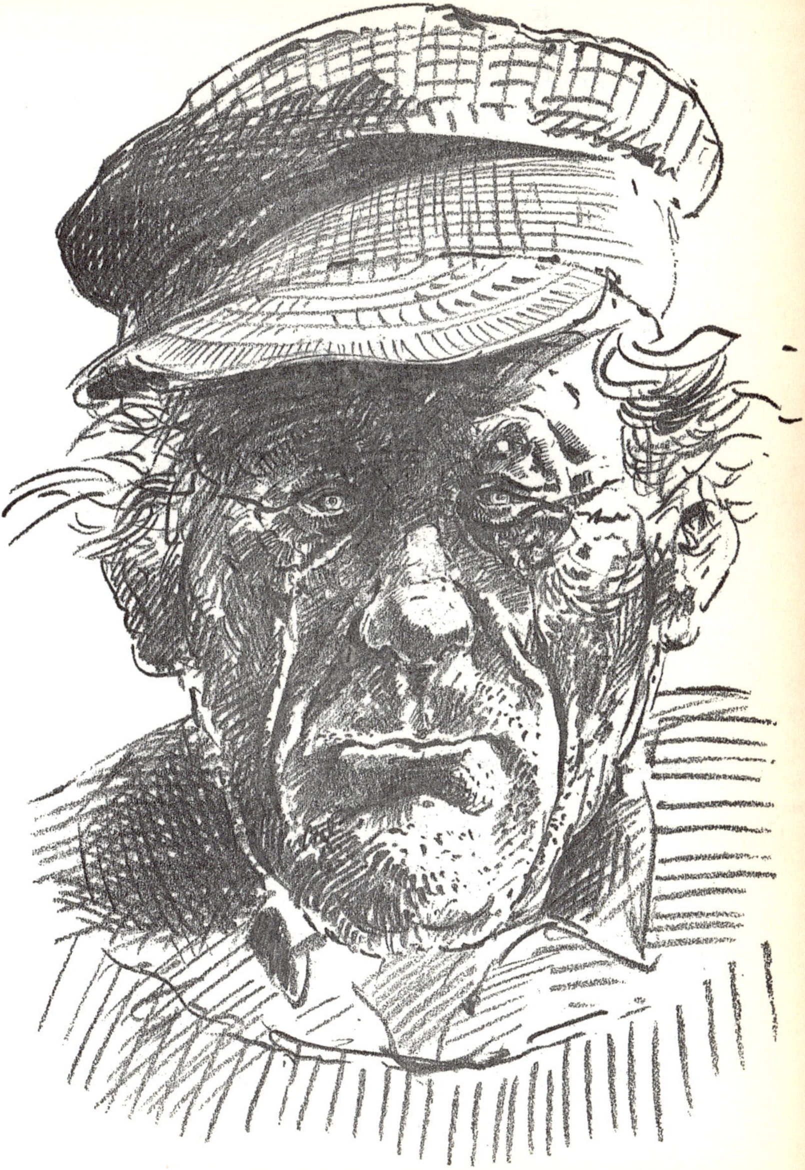

mot comme les autres, Johnny, c'est un mot qui dit tant de choses. Un mot qui renferme tout le froid, toute l'obscurité et tous les abîmes du monde.

— Qu'allons-nous faire ?

— Ce que nous allons faire ? Notre travail tout simplement, nous ne pouvons pas le quitter. D'ailleurs, nous sommes plus à l'abri ici que dans n'importe quel bateau qui essayerait de nous mener à terre. Ce monstre est aussi grand et presque aussi rapide qu'un navire de guerre.

— Mais pourquoi vient-il ici ? Pourquoi *ici* ?

Un instant plus tard, la réponse me fut donnée.

La Sirène rugit.

Et le monstre répondit.

Un cri qui perçait à travers un million d'années d'eau et de brouillard. Un cri si angoissé, si solitaire qu'il retentit dans ma tête et dans tout mon corps. Le monstre rugit vers la tour. Et la tour mugit. Le monstre rugit à nouveau. La tour mugit. Le monstre ouvrit sa grande gueule aux dents luisantes et le son qu'il émit était le cri même de la Sirène. Solitaire, ample et lointain. L'appel même de celui qui, par une nuit glacée, erre seul, perdu et aveugle, sur une mer bouchée. C'était le même cri !

— A présent, chuchota McDunn, comprends-tu pourquoi il vient ici ?

J'acquiesçai en silence.

— Depuis des années, Johnny, ce pauvre monstre vit en rampant, loin d'ici, à vingt lieues de profondeur peut-être, attendant que sa vie s'achève ; car elle a peut-être un million d'années, cette créature. Penses-y un peu, attendre un million d'années ; pourrais-tu attendre si longtemps ? Peut-être est-elle la dernière de son espèce. J'ai comme une idée qu'elle pourrait l'être. De toute façon, voilà que les hommes arrivent sur ce rocher, qu'ils y bâtissent un phare – il y a de cela cinq années maintenant. Et ils installent cette Sirène, et la font appeler et appeler encore vers le lieu où, plongé dans la mer et dans ton sommeil, tu entretiens le souvenir d'un temps où la Terre est peuplée de milliers de tes semblables ; et à présent tu es seul, tout seul, dans un monde qui n'est pas fait pour toi et où tu dois te cacher. Mais le chant de la Sirène arrive jusqu'à toi puis s'en va, revient, puis repart, et tu te dresses au fin fond boueux des profondeurs et les yeux grands ouverts comme les lentilles d'un énorme objectif, tu te mets à avancer lentement, lentement, car tu as sur tes épaules tout l'immense poids pesant de l'Océan. Mais l'appel t'arrive à travers des lieues d'épaisseur d'eau, faible et familier, et le brasier dans ta poitrine s'allume et tu commences à t'élever lentement. Tu te nourris en puisant dans les bancs de morues et de harengs, dans les coulées de méduses et tu montes pendant tous ces longs mois de l'automne : septembre, le mois des brouillards qui se lèvent, octobre plus brumeux encore, et la Sirène appelle toujours plus souvent, et lorsque novembre touche à sa fin, après t'être élevé insensiblement, jour après jour, pendant d'interminables heures, tu atteins enfin la surface, toujours en vie. Car il a fallu avancer doucement. Monter vite t'aurait fait éclater ; aussi, il t'a fallu trois bons mois pour monter, puis encore des jours et des jours de nage dans l'eau froide pour atteindre le phare. Et te voilà arrivé, là dehors, dans la nuit, Johnny, le plus gigantesque monstre de la création, te voilà arrivé devant le phare qui t'appelle, dont le cou qui se dresse hors de l'eau est aussi long que le tien, dont le corps est pareil au tien et dont la voix, la voix – et c'est le plus important de tout – est semblable à la tienne. Comprends-tu maintenant, Johnny, comprends-tu ?

La Sirène mugit.

Le monstre répondit.

Je voyais, je comprenais – les millions d'années d'attente solitaire d'un être qui devait revenir et qui ne revenait jamais. Les millions d'années d'isolement au fond de la mer, cette démence des temps pendant lesquels les oiseaux-reptiles disparaissaient du ciel, et les marécages se desséchaient sur les continents ; les beaux jours des grands reptiles, des mammouths arrivaient à leur terme, leurs restes gisaient dans des mares de goudron et seuls les hommes, pareils à des fourmis blanches, couraient sur les collines.

La Sirène mugit.

– L'année dernière, dit McDunn, cette créature a tourné et tourné ainsi, toute la nuit. Sans trop s'approcher, stupéfaite, aurait-on dit. Peut-être n'était-elle qu'effrayée. Et un peu fâchée de n'avoir fait tout ce chemin que pour ça ! Et le jour suivant, à l'improviste, le brouillard s'est levé. Un soleil vif est monté à l'horizon et le ciel était bleu, comme peint. Et le monstre s'est éloigné en nageant pour fuir cette chaleur, ce silence. Il n'est jamais revenu depuis. Je suppose qu'il a passé toute cette année à rêver, à se dire que tout était bel et bien fini.

Le monstre était à présent à une centaine de pieds seulement, échangeant des cris avec la Sirène. Et la lumière créait entre eux comme un lien : les yeux du monstre étaient tour à tour de feu, de glace, de feu, de glace.

– C'est ça la vie, dit McDunn. Attendre toujours quelqu'un qui ne revient pas. Aimer toujours plus quelqu'un qui vous aime toujours moins. Et au bout d'un certain temps arriver à vouloir le tuer pour qu'il ne puisse plus vous faire souffrir.

Le monstre se précipita vers le phare.

La Sirène mugit.

– Voyons ce qui va arriver, murmura McDunn.

Il arrêta la Sirène.

Dans la minute qui suivit, le silence fut si profond que nous pouvions entendre résonner les battements de nos cœurs dans la cage en verre du phare, entendre aussi le lent glissement du projecteur dans son alvéole huilée.

Le monstre s'arrêta et frissonna. Ses yeux, grands comme des lanternes, clignotèrent. Sa gueule s'ouvrit, béante. Elle émit une sorte de grognement sourd, pareil à celui d'un volcan. Il pencha la tête à droite, puis à gauche, comme pour retrouver la voix qui s'était perdue dans le brouillard. Il scruta le phare, gronda à nouveau. Puis ses yeux s'allumèrent. Il se cabra, frappa l'eau de sa queue, se précipita sur le phare, les yeux remplis d'une colère tourmentée !

– McDunn, faites marcher la Sirène ! lui criai-je.

McDunn s'y acharna avec maladresse. Mais même lorsqu'il eut réussi à l'actionner à nouveau, le monstre resta cabré. Ses pattes palmées, gigantesques, griffaient la tour, lançaient des reflets ; la peau couverte d'écailles brillait entre le jet de griffes. L'énorme œil angoissé, sur le côté droit de la tête, luisait devant moi comme un chaudron dans lequel il me semblait que je tombais en hurlant. La tour trembla. La Sirène mugissait ; le monstre mugissait. Il saisit la tour entre ses pattes et grinça des dents ; les vitres volèrent en éclats autour de nous.

McDunn me saisit le bras :

– Descendons, vite !

La tour chancela, trembla, se redressa. La Sirène et le monstre mugirent. Nous nous précipitâmes et dégringolâmes l'escalier. « Vite ! »

Nous arrivâmes en bas comme la tour s'écroulait au-dessus de nos têtes. Nous nous faufilâmes sous l'escalier, dans les petites cellules en pierre. Les fondations tremblèrent, secouées de mille secousses pendant que les rochers roulaient les uns sur les autres. La

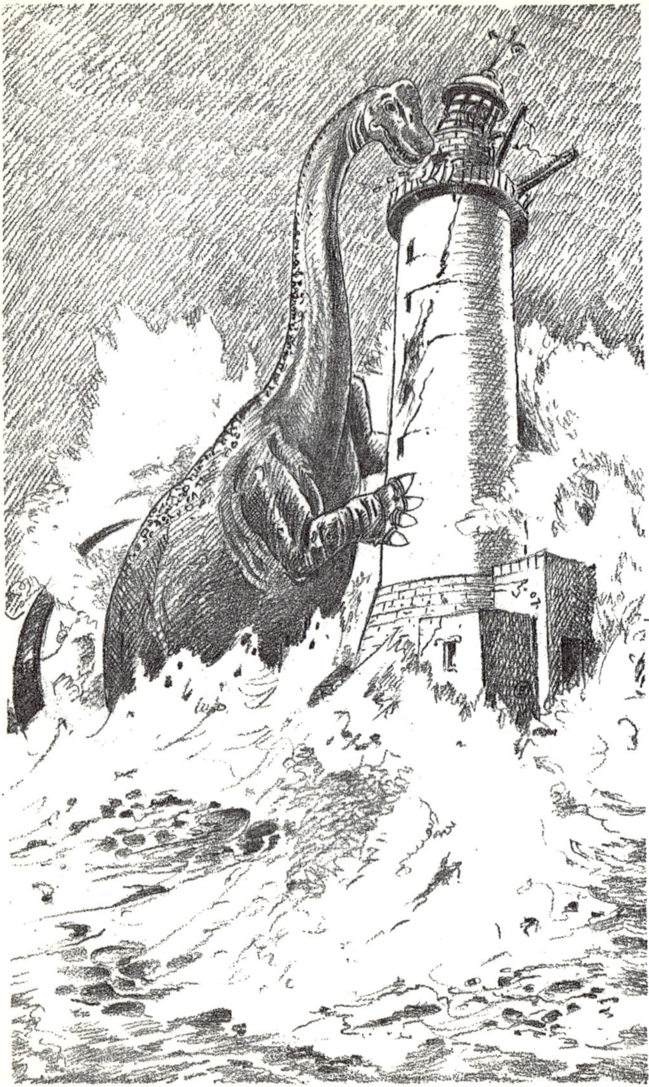

Sirène s'était tue. Le monstre s'acharna sur la tour ; la tour s'écrasa. Nous nous agenouillâmes, McDunn et moi, tenant ferme pendant qu'au-dessus de nous le monde éclatait.

Puis il n'y eut plus rien que l'obscurité et le bruit de la mer sur les rochers escarpés.

Ce bruit, et puis un autre.

– Écoute, dit McDunn à voix basse. Écoute.

Il fallut attendre un moment. Puis je commençai à l'entendre. Au début, une sorte de profonde inspiration, puis la plainte disant l'égarement, la solitude du grand monstre qui, penché sur nous, nous enveloppait de telle sorte que l'odeur écœurante de son corps transperçait l'épaisseur des rochers entassés sur notre cave. Le monstre haletait et criait. La tour n'existait plus. La lumière s'était éteinte. La voix qui avait traversé un million d'années s'était tue. Et le monstre ouvrait sa large gueule et lançait de grands cris. L'appel même de la Sirène, encore et toujours. Et les bateaux qui, loin sur la mer, n'apercevaient pas la lumière, ne voyaient rien, mais en passant entendaient ce cri dans la nuit, devaient se dire : « Il est là, il est là le cri, la Sirène de la Baie Solitaire. Tout va bien, nous avons contourné le cap. »

Et il en fut ainsi pendant toute la nuit.

Le soleil était chaud et brillant l'après-midi suivant lorsque les hommes vinrent nous tirer de notre cave enfouie dans l'amas de pierres.

– Elle a dégringolé, dit gravement McDunn. Les vagues lui ont donné quelques mauvais coups et elle n'a pas résisté.

Il me pinça le bras.

Il n'y avait rien à voir. L'océan était calme, le ciel bleu. Rien que la puanteur des algues entassées sur les pierres de la tour écroulée, et sur les rochers. Des mouches bourdonnaient. L'océan léchait le rivage.

L'année suivante ils ont bâti un nouveau phare, mais à cette époque, j'avais un emploi dans le petit village, une femme, et une bonne petite maison bien chaude, qui brillait pendant les nuits d'automne, toutes portes fermées, la cheminée fumante. Quant à McDunn il était gardien du nouveau phare, construit d'après ses plans en béton armé bien solide. « On ne sait jamais », disait-il.

Le nouveau phare fut prêt en novembre. Je roulai seul vers le rivage un soir, garai la voiture et, à travers l'étendue grise de l'eau, je regardai et écoutai la nouvelle Sirène qui mugissait au loin, une, deux, trois, quatre fois, par minute.

Le monstre ?

Il n'est jamais revenu.

— Il est parti, dit McDunn. Il est retourné dans les profondeurs. Il a compris qu'on ne pouvait rien aimer trop fort, dans ce monde. Il est allé dans la plus profonde des profondeurs, attendre un autre million d'années. Pauvre vieux ! Attendre et attendre encore, pendant que les hommes vont et viennent sur cette petite planète pitoyable. Attendre, toujours attendre.

Je me suis assis dans ma voiture et j'ai continué à écouter. Je ne pouvais pas voir le phare, ni ses feux là-bas dans la Baie Solitaire ; je ne pouvais qu'entendre la Sirène, la Sirène. Sa voix ressemblait à l'appel du monstre.

Je restai là, longtemps, ne trouvant rien à dire.

(Extrait de : Les Pommes d'or du soleil, *traduit de l'anglais par Richard Negrou.)*

L'enfant invisible

Elle prit la grande louche en fer et la grenouille momifiée ; d'un coup violent elle la réduisit en poussière, puis se mit à parler à la poussière pendant qu'elle la pétrissait rapidement dans ses poings d'acier. Ses yeux d'oiseau, gris et globuleux, se dirigèrent, papillotants, vers la cabane. Chaque fois qu'elle regardait dans cette direction, une tête plongeait derrière la petite fenêtre étroite, comme si elle avait tiré un coup de fusil.

– Charlie ! cria la Vieille Dame. Veux-tu bien venir ici ! Je suis en train de préparer un lézard magique pour ouvrir cette porte rouillée ! Montre-toi tout de suite, sinon je fais trembler la terre, ou flamber les arbres, ou bien j'arrête le soleil en plein midi !

Pour toute réponse, il n'y eut que la lumière chaude de la montagne sur les hauts térébinthes, qu'un écureuil, roux et touffu, grimpant sur un tronc d'arbre habillé de mousse verte, que la ligne, fine et brune, tracée par des fourmis autour des pieds nus, veinés de bleu, de la Vieille Dame.

– Tu es en train de crever de faim depuis deux jours, cervelle brûlée, dit-elle, en haletant et en tapant avec la louche contre une pierre plate.

Le mouvement fit se balancer contre son flanc le sac à miracles, gris et gonflé. Sa sueur avait une odeur aigre. Elle se leva et se dirigea vers la cabane, gardant dans sa main la chair pulvérisée.

— Sors maintenant !

Elle jeta une pincée de poudre dans la serrure.

— Et voilà, je t'aurai ! gronda-t-elle.

Elle tourna le bouton de la porte d'une main brunâtre, dans un sens, puis dans l'autre.

— O Seigneur, psalmodia-t-elle, fais que cette porte s'ouvre.

Comme elle ne s'ouvrait pas, elle ajouta un autre philtre et retint sa respiration. Sa longue jupe, bleue et sale, crissa lorsqu'elle se mit à chercher dans les profondeurs obscures de son sac quelque monstre écaillé, quelque charme plus puissant que la grenouille qu'elle avait tuée, il y avait des mois, en prévision d'un événement grave comme celui-ci.

Elle entendit Charlie respirer contre la porte. Sa famille était partie à cheval vers quelque ville d'Ozark, tout au début de la semaine et l'avait laissé seul à la maison ; il avait parcouru trois lieues pour venir auprès de la Vieille Dame ; elle était — soit dit en passant — sa tante, ou sa cousine, ou quelque chose d'approchant, et ses façons étranges ne l'étonnaient pas.

Mais voilà : depuis deux jours la Vieille Dame s'étant habituée à l'enfant, avait décidé de garder ce compagnon agréable. Elle avait enfoncé une aiguille dans sa maigre épaule, avait recueilli trois gouttes de sang, craché par-dessus son bras droit, marché sur un grillon écrasé et, au même moment, tendu sa main crochue vers Charlie en s'écriant :

— Mon fils, tu es ; tu es mon fils, pour toute l'éternité.

Charlie avait bondi comme un lièvre effrayé, s'était

jeté dans les buissons et avait pris en courant le chemin de la maison.

Mais la Vieille Dame, zigzaguant et sautillant à sa poursuite, comme un lézard, l'avait acculé dans un coin sans issue ; Charlie s'était alors réfugié dans la vieille cabane de l'ermite et n'avait plus voulu en sortir, malgré les coups qu'elle donnait, avec ses poings couleur d'ambre, dans la porte, la fenêtre, les fentes du bois, invoquant les feux rituels et lui expliquant qu'à présent, il était son fils pour de bon.

– Charlie, es-tu là ? demanda-t-elle, essayant de voir à travers les planches disjointes de la porte, de ses petits yeux vifs et fouineurs.

– Je suis là, tout entier, répliqua-t-il finalement, fatigué.

Peut-être tomberait-il bientôt par la fenêtre. Elle tourna le bouton pleine d'espoir. Peut-être une pincée de trop de poudre de grenouille avait-elle coincé la serrure. « Elle faisait toujours trop ou pas assez pour ses miracles, songea-t-elle amèrement, jamais juste ce qu'il fallait, le Diable les emporte ! »

– Charlie, je ne veux qu'avoir quelqu'un avec qui je pourrai bavarder le soir et me chauffer les mains devant le feu. Quelqu'un pour me faire du petit bois le matin, chasser les lutins qui viennent en rampant avec les brouillards matinaux. Je n'ai pas de vues sur toi pour mes affaires, fils, je ne recherche que ta compagnie.

Elle se mordit les lèvres.

– Écoute-moi, Charles : sors de là et je vais t'apprendre des choses !

– Quelles choses ? demanda-t-il soupçonneux.

– Je vais t'apprendre comment acheter bon marché et vendre cher. Comment attraper une belette des neiges, lui couper la tête et la conserver chaude dans ta poche arrière. Voilà !

— Ah ! fit Charlie.
Elle se dépêcha.
— Je vais t'apprendre à te mettre à l'abri des balles. Si quelqu'un tire sur toi un coup de fusil, il ne t'arrivera rien.

Comme Charlie gardait le silence, elle lui chuchota le secret, dans un souffle.

— Creuse la terre et tresse des racines d'épervière un vendredi de pleine lune, et porte-les autour du cou, enveloppées dans de la soie.

— Vous êtes folle, dit Charlie.

— Je t'apprendrai comment arrêter le sang, comment faire pour que les animaux restent gelés, ou que les chevaux aveugles voient, toutes ces choses je te les apprendrai. Je t'apprendrai à guérir une vache enflée et à rompre le sort jeté à une chèvre. Je te montrerai comment devenir invisible !

— Oh, fit Charlie.

Le cœur de la Vieille Dame battait comme le tambourin d'une quêteuse de l'armée du salut.

La poignée tourna ; cela venait de l'autre côté de la porte.

— Vous vous payez ma tête, dit Charlie.

— Non, sûrement pas ! s'exclama la Vieille Dame. Oh, Charlie, pourquoi ? Je te ferai pareil à une vitre, on verra à travers toi. Vraiment, mon enfant, tu en seras étonné !

— Vraiment invisible ?
— Vraiment invisible !
— Vous ne chercherez pas à m'attraper si je sors ?
— Je ne toucherai pas à un de tes cheveux, fils.
— Bon, dit-il d'une voix traînante, à contrecœur, ça va.

La porte s'ouvrit. Charlie parut, pieds nus, tête baissée, le menton sur la poitrine.

— Rendez-moi invisible, dit-il.

— Avant tout, il faut que tu m'attrapes une chauve-souris, dit la Vieille Dame. Cherchons !

Elle lui donna un morceau de bœuf séché à manger, puis le suivit des yeux pendant qu'il grimpait à un arbre. Il montait haut, plus haut encore et c'était beau de le voir là, et bon de l'avoir près de soi après tant d'années de solitude, sans personne à qui dire bonjour si ce n'est les fientes des oiseaux et les traces argentées des escargots.

Bientôt une chauve-souris, à l'aile brisée, tomba de l'arbre, battant lourdement l'air. La Vieille Dame saisit vivement l'animal aux dents blanches comme la porcelaine, dont le cœur battait et qui poussait de petits cris ; Charlie se laissa glisser le long du tronc, accroché tantôt d'une main, tantôt de l'autre et criant à tue-tête.

Cette nuit-là, pendant que la lune broutait les pommes de pin épicées, la Vieille Dame sortit une longue aiguille d'argent de sous sa large jupe bleue. Maîtrisant son agitation et une joie secrète, elle fixait des yeux la chauve-souris morte, et tenait avec fermeté entre ses doigts, l'aiguille froide.

Elle avait compris depuis longtemps que ses miracles, malgré la peine qu'elle se donnait, et les sels et le soufre, échouaient toujours. Mais elle avait toujours rêvé qu'ils finiraient par agir un jour, par éclater en fleurs de feu et en étoiles d'argent, pour prouver que Dieu lui avait pardonné son corps tendre et ses tendres pensées, son corps brûlant et ses brûlantes pensées du temps où elle était jeune fille. Mais jusqu'à présent, Dieu n'avait donné aucun signe et n'avait prononcé aucune parole, mais cela personne ne le savait sauf la Vieille Dame.

— Prêt ? demanda-t-elle à Charlie accroupi, les genoux croisés, entourant ses fines jambes de ses longs bras hérissés de chair de poule ; la bouche ouverte, il serrait les dents.

— Prêt, souffla-t-il en frémissant.
— Là !

Elle plongea l'aiguille profondément dans l'œil droit de la chauve-souris.

— Voilà !...
— Oh ! gémit Charlie, en détournant la tête.
— A présent, je l'enveloppe dans cette toile, prends-la, mets-la dans ta poche et garde-la, chauve-souris et tout. Vas-y !

Il empocha le charme.

— Charlie ! gémit-elle effrayée. Charlie, où es-tu passé ? Je ne te vois plus mon enfant !
— Ici.

Il bondit, et la lumière courut sur son corps en longues raies rouges.

— Je suis ici, Vieille Dame !

Il regarda d'un air égaré ses bras, ses jambes, sa poitrine, ses orteils.

— Je suis ici !

Elle regarda comme si elle suivait les traces entremêlées de mille étincelles brûlantes, dans l'air froid de la nuit.

— Charlie, oh, tu t'es vite sauvé. Rapide comme un colibri ! Charlie, reviens vers moi !
— Mais je suis là ! se lamenta-t-il.
— Où là ?
— Près du feu, du feu ! Et... et je peux me voir. Je ne suis pas du tout invisible !

La Vieille Dame se balança sur ses maigres flancs.

— Sûr que tu peux te voir ! Toute personne invisible se voit elle-même. Autrement comment mangerait-elle, comment marcherait-elle, comment pourrait-elle éviter les obstacles sous ses pas ? Charlie, donne-moi la main. Touche-la, que je sache que tu es près de moi.

Elle fit semblant de sursauter surprise, à son toucher.

— Ah !
— Vous voulez dire que vous ne me voyez pas ? demanda-t-il. Vrai ?
— Pas la moindre petite parcelle de toi !

Elle arrêta son regard sur un arbre et le fixa avec des yeux brillants, prenant bien soin de ne pas le regarder.

— Eh bien, j'ai vraiment réussi mon tour cette fois.

Elle soupira éblouie.

— Eh bien, eh bien ! Rendu invisible et plus vite que jamais ! Charlie, Charlie, comment te sens-tu ?

— Comme l'eau d'une crique – tout remué.

— Tu vas te calmer.

Puis au bout d'un moment, elle ajouta :

— Bon, et que veux-tu faire, Charlie, maintenant que tu es invisible ?

Toutes sortes de choses traversaient son cerveau, elle le sentait. Des aventures se dessinaient et dansaient comme les flammes de l'enfer dans ses yeux, et sa bouche, aux coins légèrement baissés, disait ce qui se passait dans l'imagination d'un garçon qui se croyait pareil au vent dans la montagne. Dans un rêve éveillé, il dit :

— Je vais courir à travers des champs de blé, grimper sur des montagnes couvertes de neige, voler des poulets blancs dans les fermes. Je vais donner des coups de pied aux petits cochons roses lorsqu'ils ne regarderont pas. Je vais pincer les jambes des jolies filles pendant qu'elles dorment, arracher leurs jarretières en classe.

Charlie regarda la Vieille Dame et du coin de son œil vif elle aperçut une ombre méchante se peindre sur le visage du garçon.

— Et je ferai d'autres choses, je les ferai, je les ferai, dit-il.

— Ne me fais rien à moi, l'avertit la Vieille Dame, je suis fragile comme une couche de glace au printemps et je n'aime pas être rudoyée.

Puis, elle demanda :
— Et que comptes-tu faire des tiens ?
— Les miens ?
— Tu ne vas pas arriver chez toi comme te voilà fait : les effrayer jusqu'à la moelle ! Ta mère tomberait foudroyée comme un arbre abattu. Penses-tu qu'ils aimeront t'avoir à la maison et trébucher sur toi à chaque instant ; que ta maman aimera être obligée de t'appeler toutes les trois minutes, même lorsque tu seras dans la chambre, tout contre elle ?

Charlie n'avait guère pensé à tout cela. Il commença à se calmer, un peu inquiet et soupira : « Sapristi », puis pensif, il palpa ses longues jambes.

— Tu seras rudement seul. Les gens regarderont à travers toi comme à travers une vitre, d'autres te heurteront parce qu'ils ne t'auront pas vu traîner dans leurs pieds. Et les femmes, Charlie, les femmes...

Il avala sa salive.
— Quoi, les femmes ?
— Pas une femme ne te regardera. Et tu ne trouveras pas une seule femme qui aimera être embrassée par la bouche d'un garçon qu'elle ne peut même pas voir.

Charlie enfonça son orteil dans la terre, pensif. Il boudait.

— Bon ! De toute façon, je resterai invisible un temps. De quoi m'amuser un peu. Seulement, je serai prudent. Je me tiendrai hors du chemin des voitures, des chevaux et de celui de papa. Papa tire au moindre bruit.

Charlie hésita un moment.
— Quoi, moi invisible, papa pourrait un jour me viser et me cribler de chevrotines en pensant que je suis un écureuil dans le verger ? Oh...

La Vieille Dame approuva d'un mouvement de tête en direction d'un arbre.

— C'est vraisemblable.

— Voilà, décida-t-il lentement. Je resterai invisible cette nuit, et demain vous pourrez me rendre comme j'étais avant, Vieille Dame.

— Je m'y attendais ! Toujours à vouloir être ce qu'il ne peut pas être ! commenta la Vieille Dame, s'adressant à un scarabée sur un tronc.

— Que voulez-vous dire ? s'enquit Charlie.

— Eh bien, expliqua-t-elle, ç'a été un travail rudement difficile de te transformer. Cela prendra quelque temps de remettre les choses en place. Comme pour enlever une couche de peinture, mon enfant.

— Vous ! s'écria-t-il. Vous m'avez fait ça à moi ! Maintenant vous me ferez comme avant, vous me rendrez visible !

— Silence, fit-elle. Je ferai ressortir un pied, puis une main, petit à petit.

— A quoi vais-je ressembler, de l'autre côté des collines avec une seule main à montrer.

— A un oiseau à cinq pattes sautillant sur les pierres et les broussailles.

— Ou bien avec un seul pied ?

— A un petit lapin rose bondissant dans les fourrés.

— Ou bien avec ma tête flottant dans l'air ?

— A un ballon chevelu pendant le carnaval !

— Combien de temps avant que je sois entier ? demanda-t-il.

Elle réfléchit, puis répondit que cela pouvait bien prendre une année entière.

Il gémit. Puis il commença à sangloter, à se mordre les lèvres, à taper des poings.

— Vous m'avez enchanté, vous l'avez fait, vous m'avez fait ça à moi. Maintenant, je ne pourrai plus retourner à la maison.

Elle lui jeta un coup d'œil.

— Mais tu peux rester ici, mon enfant, rester avec moi, nous serons vraiment très à l'aise, et je te ferai engraisser et tu resteras effronté comme avant.

Il éclata :

– Vous l'avez fait exprès ! Vous voulez me garder ici, vieille sorcière !

Et il se mit à courir au milieu des buissons.

– Charlie, reviens !

Il n'y eut pas de réponse, mais seulement l'empreinte de ses pas sur la terre sombre et molle et ses sanglots étouffés, s'élevant çà et là.

Elle attendit, puis se prépara une flambée. « Il reviendra », murmura-t-elle. Et pensant à elle-même, elle se dit : « A présent j'aurai une compagnie tout le printemps et tard dans l'été. Puis quand je serai fatiguée de lui et voudrai un peu de silence, je le renverrai chez lui. »

Charlie revint sans bruit aux premières heures de l'aube en glissant sur le sol givré où la Vieille Dame était étendue, comme un bâton blanchi, au milieu des cendres éparpillées.

Il s'assit sur une pierre plate et la regarda fixement.

Elle n'osa pas le regarder ni tourner les yeux de son côté. Il n'avait fait aucun bruit, aussi comment pouvait-elle savoir qu'il était quelque part par là ? Elle ne le pouvait pas.

Il resta ainsi et il y avait des traces de larmes sur ses joues.

Faisant semblant de se réveiller seulement – mais elle n'avait pas fermé l'œil de toute la nuit – la Vieille Dame se mit debout ; grondant et bâillant, elle regarda l'aube se lever tout autour.

– Charlie ?

Son regard s'éleva de la terre vers les pins, vers le ciel, vers les collines lointaines. Elle l'appela, et l'appela encore, et sentit que son regard allait tomber en plein sur lui, mais elle se reprit aussitôt.

– Charlie ? Oh, Charles ! cria-t-elle et elle entendit l'écho répéter le nom.

Il restait silencieux, commençait à sourire à la pensée qu'il était tout contre elle et qu'elle se croyait seule. Peut-être sentait-il croître en lui un pouvoir secret, peut-être se sentait-il tout à coup à l'abri des autres, en tout cas cela semblait soudain lui plaire d'être invisible.

Elle dit tout haut :
— Où peut-il bien être à présent ce garçon ? Si au moins il faisait un peu de bruit, je pourrais savoir où il est et lui préparer le petit déjeuner.

Elle mit sur le feu le repas du matin, irritée de son silence obstiné. Elle fit grésiller du lard sur une branche de noyer. « L'odeur arrivera jusqu'à son nez », murmura-t-elle.

Pendant qu'elle tournait le dos, il enleva rapidement tout le lard et le dévora gloutonnement.

Elle se retourna vivement en s'écriant :
— Seigneur !

Elle regarda la petite clairière, faisant semblant d'essayer de le situer. Finalement, poussée par l'instinct, marchant à l'aveuglette, elle se dirigea droit vers lui, en tâtonnant.

— Charlie, où es-tu ?

Comme un éclair, il plongea et s'échappa.

Elle dut faire appel à toute sa volonté pour ne pas se mettre à sa poursuite — mais on ne peut pourchasser un enfant invisible — elle s'assit donc, renfrognée, et en bredouillant recommença à faire frire du lard. Mais chaque tranche qu'elle coupait, il la volait dès qu'elle se mettait à grésiller, et il courait se mettre à l'abri. Finalement les joues en feu, elle s'écria :

— Je sais où tu es ! Juste ici ! Je t'entends courir !

Elle se dirigea de son côté, pas tout à fait du bon. Il courut à nouveau.

— A présent tu es là ! cria-t-elle. Là, et là !

Elle se dirigeait toujours vers l'endroit où il avait été quelques minutes auparavant.

— Je t'ai entendu écraser un brin d'herbe, frapper une fleur, casser un rameau. J'ai de bonnes oreilles, délicates comme des roses. Elles peuvent entendre bouger les étoiles !

Silencieusement il courait à travers les pins, sa voix se perdant derrière lui.

— Vous ne pouvez pas m'entendre quand je suis sur un rocher. Je vais justement m'y asseoir.

Toute la journée, il resta sur un rocher, qui lui servait d'observatoire, immobile dans le vent, se mordant les lèvres.

La Vieille Dame cueillit du bois en pleine forêt, sentant ses yeux dans son dos, qui la suivaient à tout moment. Elle avait envie de murmurer : « Oh, je te vois. Je te vois. Je ne faisais que m'amuser en parlant de garçons invisibles. Tu es juste là ! » Mais elle refréna sa rancune et serra les lèvres.

Le matin suivant, il devint méchant. Il commença par bondir au milieu des arbres. Il fit à son intention des grimaces ; il imita la tête du crapaud, la tête de la grenouille, la tête de l'araignée, retroussant ses lèvres avec les doigts, arrondissant ses yeux vifs en boules de loto, relevant son nez et ouvrant toutes grandes ses narines, si profondément que, ma foi, on aurait cru voir, au travers, son cerveau en train de penser. Une seule fois, elle laissa tomber son petit bois. Elle prétendit que c'était un geai bleu qui l'avait effrayée.

Il avait fait le geste de l'étrangler.

Elle trembla légèrement.

Il fit un autre geste comme s'il voulait lui donner un coup dans les jambes et lui cracher au visage.

Elle affronta ces gestes sans un mouvement de paupières, sans une crispation de la bouche.

Il sortit la langue et fit entendre des bruits étranges et horribles. Il se retourna les oreilles pour la faire rire et finalement elle éclata de rire ; elle en trouva rapidement le prétexte en disant :

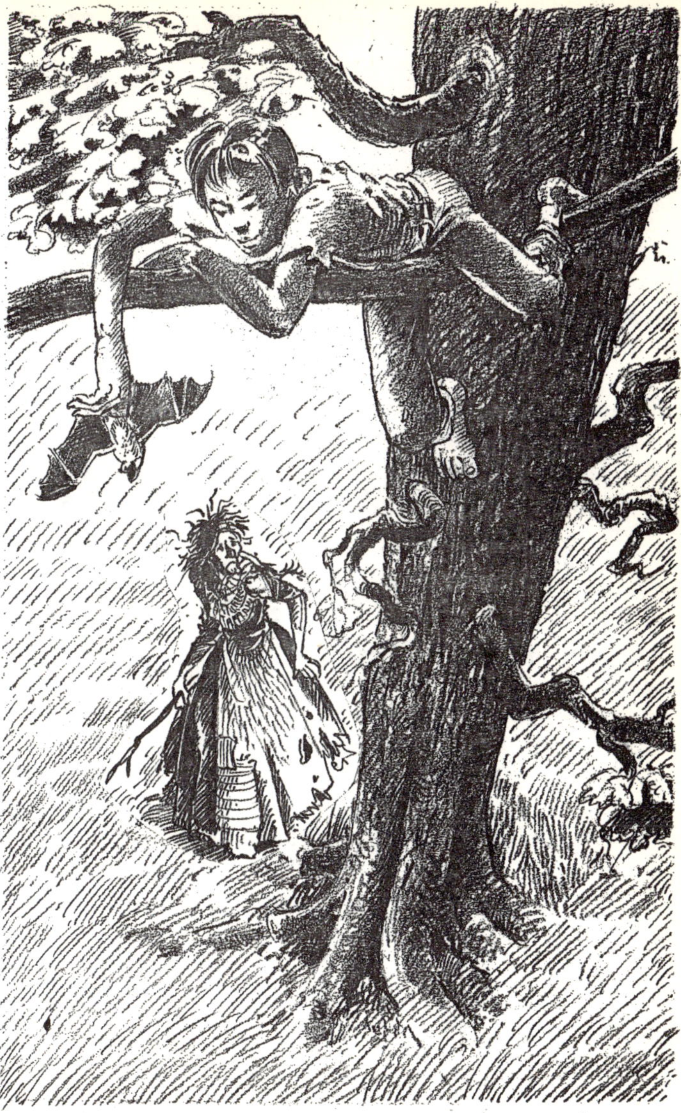

— Assise sur une salamandre ! Fichtre, comme elle s'est débattue !

En plein midi toute cette folie atteignit son apogée.

Car c'est à cette heure, exactement, que Charlie dévala jusqu'au fond de la vallée, nu comme un ver !

La Vieille Dame faillit tomber à la renverse sous le choc !

Charlie courait ; nu, il grimpait sur le versant d'une colline et nu il redescendait sur l'autre versant ; nu comme la lumière du jour, nu comme la lune, vif comme le soleil et comme un poussin nouveau-né, ses pieds jetant des lueurs rapides comme les ailes d'un oiseau-mouche, volant à ras de terre.

La Vieille Dame se mordit la langue. Que pouvait-elle dire ? « Charlie va t'habiller ? » « Tu n'as pas honte ? » « Arrête-ça ? » Le pouvait-elle ? Oh, Charlie, Seigneur ! Pouvait-elle dire cela à présent ? Eh bien ?

Elle suivait sa danse, tantôt en haut, tantôt en bas du grand rocher, nu comme il l'était en venant au monde, frappant le sol de ses pieds nus, faisant claquer ses mains sur ses genoux, poussant son ventre en avant, puis le rentrant, comme un ballon de carnaval qu'on gonfle et qu'on dégonfle.

Elle ferma les yeux, les garda clos, se mit à prier.

Après trois heures de ce jeu, elle essaya de l'amadouer :

— Charlie, Charlie, viens ici ! J'ai quelque chose à te dire !

Comme une feuille qui tombe, il arriva, habillé à nouveau, Dieu soit loué !

— Charlie, dit-elle, regardant les pins, je vois ton orteil droit. Il est là.

— Vraiment ? dit-il.

— Oui, répondit-elle tristement, le voilà, pareil à un crapaud à cornes sur l'herbe. Et là, il y a ton oreille suspendue en l'air comme un papillon rose.

Charlie dansa de joie.

— Je réapparais, je réapparais !

La Vieille Dame approuva de la tête.

— Voilà que ton coude revient !

— Rends-moi mes deux jambes ! commanda Charlie.

— Tu les as.

— Et mes mains ?

— J'en vois une ramper sur ton genou comme un faucheux.

— Et l'autre, que fait-elle ?

— Elle rampe aussi.

— J'ai mon corps ?

— Oui, tout est en bon ordre.

— J'ai besoin de ma tête, pour rentrer, Vieille Dame.

— Rentrer, se rappela-t-elle péniblement. — Non ! dit-elle obstinée et en colère. Non, tu n'as toujours pas de tête. Pas de tête du tout ! s'écria-t-elle.

Elle l'avait gardée pour la fin.

— Pas de tête, pas de tête, répéta-t-elle avec insistance.

— Pas de tête ? gémit-il.

— Que si, mon Dieu, oui, oui, tu l'as ta sacrée tête ! gronda-t-elle, se rendant. Maintenant, rends-moi ma chauve-souris avec son aiguille plantée dans l'œil.

Il la lui jeta.

— Haaaa-yoooo !

Son cri courut au-dessus de la vallée, et longtemps après qu'il eut disparu, courant vers sa maison, elle entendit l'écho le répéter.

Alors, elle leva péniblement sa charge de fagots et reprit le chemin de sa chaumière, soupirant et marmonnant. Et Charlie la suivit tout le long du chemin, *réellement* invisible à présent, aussi ne pouvait-elle le voir ; c'est à peine si elle pouvait l'entendre, comme le bruit d'une pomme de pin qui tombe, d'un ruisseau souterrain qui s'écoule, ou d'un écureuil qui escalade une branche ; et le crépuscule les trouva assis près du feu, elle et Charlie ; lui tout à fait invisible et elle lui préparant du lard qu'il ne voulait pas prendre, si bien qu'elle dut le manger elle-même. Puis elle prépara quelques mixtures magiques et s'endormit avec Charlie, un Charlie façonné de fagots, de haillons et de galets, mais tout chaud encore et son propre fils, tout à elle, assoupi et si beau dans ses bras maternels qui le berçaient... et ils parlèrent de choses merveilleuses, avec des voix à moitié endormies, jusqu'à ce que l'aube éteignît, lentement, doucement, le feu...

(Extrait de : Les Pommes d'or du soleil, *traduit de l'anglais par Richard Negrou.)*

L'homme

Le capitaine Hart se tenait à la porte de la fusée.
— Pourquoi est-ce qu'ils ne viennent pas ? dit-il.
— Qui sait ? répondit Martin le lieutenant. Est-ce que je sais, moi, capitaine ?
— Qu'est-ce que c'est que ce sale endroit ?
Le capitaine alluma un cigare. Il jeta l'allumette dans la prairie éblouissante. L'herbe se mit à brûler.
Martin voulut écraser les flammèches avec sa botte.
— Non, ordonna le capitaine Hart, laissez-la brûler. Peut-être vont-ils venir voir ce qui se passe, ces ânes !
Martin haussa les épaules et retira son pied du feu qui se propageait.
Le capitaine regarda sa montre.
— Nous avons atterri il y a une heure. Le comité d'accueil s'est-il précipité avec une fanfare pour nous serrer la main ? Rien du tout ! Nous avons parcouru des millions de milles à travers l'espace, et les beaux citoyens de quelque ville idiote sur une planète inconnue nous dédaignent !
Il grogna, en tapotant sa montre.
— Je leur donne encore cinq minutes, et alors...
— Et alors quoi ? demanda Martin, très poliment, en regardant frémir les bajoues du capitaine.

— Nous passerons au-dessus de leur ville et nous allons leur flanquer une de ces frousses !

Sa voix devint plus calme.

— Ou pensez-vous, Martin, qu'ils ne nous ont peut-être pas vus descendre ?

— Ils nous ont vus. Ils regardaient en l'air quand nous les avons survolés.

— Alors pourquoi n'accourent-ils pas ? Ils se cachent ? Ils ont peur ?

Martin secoua la tête.

— Non. Prenez les jumelles, capitaine. Voyez vous-même. Ils vaquent à leurs occupations. Ils n'ont pas peur. Ils... ils ont simplement l'air de ne pas se soucier de nous.

Hart appliqua les jumelles sur ses yeux fatigués. Martin eut le temps d'observer les rides de nervosité, de lassitude. Hart semblait avoir mille ans. Il ne dormait jamais, mangeait peu, n'arrêtait jamais. Ses lèvres remuèrent, vieillies et mornes, mais coupantes, sous les jumelles.

— Vraiment, Martin, je ne sais pas pourquoi nous prenons toute cette peine. Nous construisons des fusées, nous faisons l'effort de traverser l'espace, à leur recherche, et voilà ce que nous obtenons en retour. Du mépris ! Regardez-moi ces imbéciles qui se promènent. Ils ne comprennent donc pas la grandeur de tout cela ? Le premier vol interplanétaire à toucher ce coin reculé. Combien de fois cela leur est-il arrivé ? Ils sont blasés ?

Martin n'en savait rien.

Le capitaine Hart lui rendit les jumelles d'un geste las.

— Pourquoi le faisons-nous, Martin ? J'entends, tous ces voyages ? Toujours en route. Toujours cherchant. Les tripes toujours serrées, jamais de repos.

— Peut-être cherchons-nous la tranquillité et la paix ? En tout cas, il n'y en a pas sur la Terre.

— Non, n'est-ce pas ?

Hart resta songeur, sa violence abattue.

— Pas depuis Darwin, hein ? Pas depuis que tout est passé par-dessus bord, tout ce qui formait nos croyances, hein ? La puissance divine et tout le reste. Et vous croyez que c'est peut-être à cause de cela que nous partons pour les étoiles, Martin ? A la recherche de nos âmes perdues, c'est ça ? Nous efforçant de quitter notre mauvaise planète pour une meilleure ?

— Peut-être, capitaine. Nous cherchons sans doute quelque chose.

Le capitaine Hart s'éclaircit la gorge et redevint tranchant.

— Bon ! pour l'instant nous cherchons le maire de cette ville. Allez lui dire qui nous sommes : la première expédition en fusée à la Planète 43, Système Stellaire 3. Le capitaine Hart envoie ses salutaitons et désire rencontrer le maire. Allez, coudes au corps !

— Oui, capitaine.

Martin s'éloigna lentement.

— Vite ! ordonna le capitaine.

— Oui, capitaine !

Martin prit le pas gymnastique. Puis il se remit à marcher, avec un sourire, dans la prairie.

Le capitaine avait fumé deux cigares avant que Martin ne revînt.

Martin s'arrêta et regarda par la porte de la fusée, chancelant. Il semblait ne rien voir ni penser.

— Alors ? cria le capitaine. Ils viennent nous souhaiter la bienvenue ?

— Non.

Martin, étourdi, s'adossa à la fusée.

— Pourquoi non ?

— Cela n'a pas d'importance, dit Martin. Donnez-moi une cigarette, s'il vous plaît, capitaine.

Ses doigts tâtonnèrent sur le paquet tendu, car il regardait vers la ville scintillante en clignant des yeux. Il alluma une cigarette et se mit à fumer en silence.

— Dites quelque chose ! s'écria le capitaine. Notre fusée ne les intéresse donc pas ?

— Quoi ? dit Martin. Oh, la fusée ?

Il considéra sa cigarette.

— Non, elle ne les intéresse pas. Il semble que nous ne sommes pas arrivés au moment opportun.

— Au moment opportun !

Martin fut patient.

— Capitaine, écoutez. Quelque chose d'important s'est produit hier dans cette ville. De tellement important que notre arrivée est secondaire, c'est un détail. Il faut que je m'assoie.

Il perdit l'équilibre et s'assit lourdement, en soufflant.

Le capitaine mâcha son cigare avec colère.

— Que s'est-il passé ?

Martin releva la tête. Le vent emportait la fumée de sa cigarette.

— Capitaine, hier, dans cette ville, un homme remarquable est apparu, bon, intelligent, compatissant, et infiniment sage.

Le capitaine ouvrit de grands yeux.

— Qu'est-ce que cela a à voir avec nous ?

— C'est difficile à expliquer. Mais c'était un homme qu'ils avaient attendu très longtemps, un million d'années, peut-être. Et hier, il est entré dans leur ville. C'est pourquoi, aujourd'hui, capitaine, notre atterrissage ne signifie rien.

Le capitaine s'assit brusquement.

— Qui est-ce ? Pas Ashley ? Il n'est pas arrivé avant nous, pour me voler mon triomphe, non ?

Il saisit le bras de Martin, pâle et atterré.

— Ce n'était pas Ashley, capitaine.

— Alors, c'était Burton ! Je le savais. Burton a filé devant nous, il a saboté mon atterrissage ! On ne peut plus avoir confiance en personne.

— Ce n'était pas Burton non plus, capitaine, dit Martin avec calme.

Le capitaine restait incrédule.

— Il n'y avait que trois vaisseaux. Nous étions en tête. Qui est celui qui est arrivé avant nous ? Quel est son nom ?

— Il n'avait pas de nom. Il n'a pas besoin d'un nom. Il serait différent sur chaque planète.

Le capitaine contempla son lieutenant avec des yeux durs, cyniques.

— Qu'est-ce qu'il a donc fait de si merveilleux que personne ne vient même jeter un coup d'œil sur notre fusée ?

— D'abord, dit Martin patiemment, il a guéri les malade et il a pris soin des pauvres. Il a combattu l'hypocrisie et la corruption ; il est resté parmi le peuple, à parler tout le jour.

— C'est merveilleux ?

— Oui, capitaine.

— Je ne comprends pas.

Le capitaine se carra en face de Martin, scrutant son visage.

— Vous avez bu, hein ?

Il était soupçonneux. Il se recula.

— Je ne comprends pas.

Martin regarda la ville.

— Capitaine, si vous ne comprenez pas, on ne peut pas vous l'expliquer.

Le capitaine suivit son regard. La ville était calme, belle ; une grande paix était sur elle. Hart fit un pas en avant, retira le cigare d'entre ses dents. Il jeta un coup d'œil sur Martin d'abord, puis sur les flèches dorées de la cité.

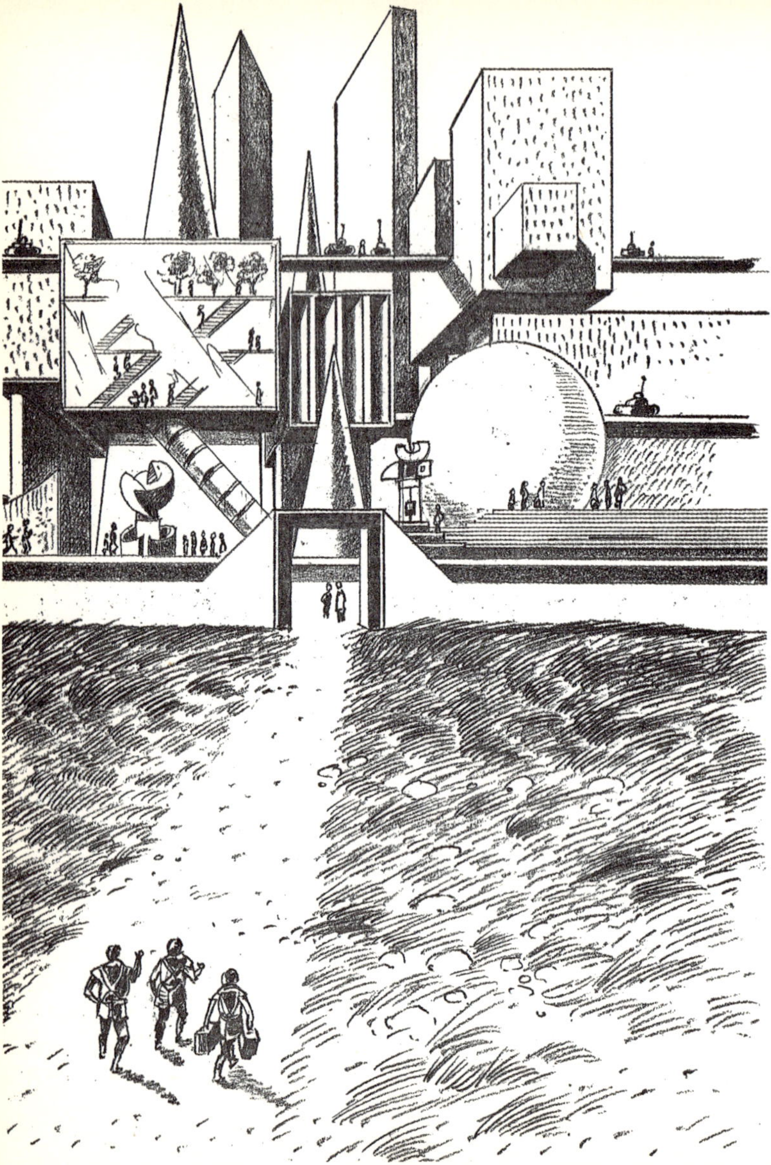

— Vous dites... vous n'allez *pas* dire... Cet homme dont vous parlez ne pourrait pas être...
Martin hocha la tête.
— C'est bien lui, capitaine.
Hart resta immobile. Il se redressa.
— Je ne le crois pas, dit-il enfin.

A midi, le capitaine Hart entre à pas rapides dans la ville, accompagné du lieutenant Martin et d'un assistant qui portait des appareils électriques. De temps à autre, le capitaine riait bien haut, mettait les mains sur les hanches et secouait la tête.
Le maire était devant le capitaine. Martin dressa un trépied, y vissa une boîte et mit le contact.
— Vous êtes le maire ?
Le capitaine pointa du doigt.
— Oui, dit le maire.
L'appareil délicat était placé entre eux, manipulé par Martin et par l'assistant. Il assurait la traduction instantanée de n'importe quelle langue. Les mots résonnaient dans l'air doux de la cité.
— A propos de l'événement d'hier, dit le capitaine. Il s'est produit.
— Oui ?
— Vous avez des témoins ?
— Oui.
— Pouvons-nous leur parler ?
— Parlez à n'importe lequel d'entre nous, dit le maire. Nous sommes tous témoins.
En aparté, le capitaine dit à Martin :
— Hallucinations collectives.
Au maire :
— De quoi avait l'air cet homme, cet étranger ?
— Ce serait difficile à dire, sourit le maire.
— Pourquoi cela ?
— Les avis peuvent être légèrement différents.

— J'aimerais le vôtre, de toute façon... Enregistrez, lança le capitaine par-dessus son épaule à Martin.

Le lieutenant enclencha l'enregistreur.

— Eh bien, dit le maire de la ville, c'était un homme très doux, très bon ; d'une grande intelligence, très cultivé.

— Oui, oui, je sais !

Le capitaine fit un geste.

— Des généralités. Je veux quelque chose de précis. Quel était son signalement ?

— Je ne crois pas que ce soit important, répondit le maire.

— C'est très important, dit gravement le capitaine. Je veux une description du personnage. Si je ne l'obtiens pas de vous, d'autres me la fourniront.

A Martin :

— Je suis sûr que c'était Burton en train de jouer un de ses tours.

Martin n'avait pas envie de le regarder. Il resta muet et froid.

Le capitaine fit claquer ses doigts.

— Il s'est produit quelque chose... une guérison ?

— Plusieurs, dit le maire.

— Puis-je voir un cas ?

— Vous le pouvez, dit le maire. Mon fils.

Il se tourna vers un petit garçon qui s'avança.

— Il avait un bras atrophié. Regardez-le maintenant.

Le capitaine eut un rire tolérant.

— Oui, oui. Ce n'est même pas une preuve indirecte, vous savez ? Je n'ai pas vu le bras atrophié. Je ne vois qu'un bras sain. Ce n'est pas une démonstration. Quelle preuve avez-vous que ce bras était atrophié hier ?

— Ma parole est une preuve, dit le maire avec simplicité.

— Mon cher monsieur ! Vous ne vous attendez pas à ce que je me contente d'un on-dit ! Oh non !

— Je regrette, dit le maire en regardant le capitaine avec une sorte de pitié curieuse.

— Avez-vous un portrait du garçon antérieur à cette date ?

Au bout d'un moment, on apporta un grand portrait peint à l'huile, représentant le fils du maire avec un bras atrophié.

— Mon cher monsieur !

Le capitaine le repoussa du geste.

— N'importe qui peut peindre un tableau. Les tableaux mentent. Je veux une photographie du petit garçon.

Il n'y en avait pas. La photographie était un art inconnu dans leur société.

— Eh bien ! soupira le capitaine, le visage agité d'un tic. Laissez-moi parler à quelques autres citoyens de votre ville. Nous n'arrivons à rien.

Il montra une femme du doigt.

— Vous !

Elle hésita.

— Oui, vous ! Venez ici, ordonna le capitaine. Parlez-moi de cet homme *admirable* que vous avez vu hier.

La femme regarda le capitaine avec fermeté.

— Il s'est promené parmi nous, et il était beau et bon.

— De quelle couleur étaient ses yeux ?

— De la couleur du soleil, de la mer, de la couleur d'une fleur, des montagnes, de la nuit.

— C'est bon !

Le capitaine leva les bras en l'air.

— Vous voyez, Martin ? Absolument rien. Un charlatan quelconque leur susurre des sottises sucrées à l'oreille et...

— Assez, je vous prie, dit Martin.

Le capitaine fit un pas en arrière.

— Comment ?

— Vous avez entendu ce que j'ai dit. J'aime ces gens. Je crois à ce qu'ils disent. Vous êtes libre d'avoir une opinion, mais je vous prie de la garder pour vous, capitaine.

— Vous n'avez pas le droit de me parler sur ce ton, cria le capitaine.

— J'en ai assez de vos airs supérieurs, dit Martin. Laissez ces gens tranquilles. Ils ont quelque chose de bon et de convenable, et vous venez le profaner et le tourner en ridicule. Eh bien, moi aussi je leur ai parlé. Je suis passé dans la ville et j'ai vu leurs visages, et ils possèdent quelque chose que vous n'aurez jamais : un peu de foi, toute simple ; et ils pourront déplacer des montagnes avec cela. Vous, vous êtes furieux parce que quelqu'un vous a coupé l'herbe sous le pied, est arrivé avant vous et vous a rendu insignifiant !

— Je vous donne cinq secondes pour cesser, fit le capitaine. Je comprends. Vous êtes surmené, Martin. Des mois de voyage dans l'espace, la nostalgie, la solitude. Et maintenant que cette chose arrive, je comprends, Martin. Je passe sur votre insubordination.

— Je ne passe pas sur votre tyrannie mesquine, répliqua Martin. J'abandonne. Je reste ici.

— Vous ne pouvez pas faire cela !

— Non ? Essayez de m'empêcher ! C'est ce que je suis venu chercher. Je ne le savais pas, mais c'est bien cela. Et j'en suis. Allez porter ailleurs votre boue et profaner d'autres lieux avec votre doute et votre... méthode scientifique !

Il jeta un rapide coup d'œil autour de lui.

— Ces gens ont eu une expérience, et vous n'avez pas l'air de vous rendre compte qu'elle est réelle et que nous avons eu la chance d'arriver presque à temps pour en être. Les hommes sur la terre ont parlé de cet homme durant vingt siècles, après qu'il eut traversé le monde antique. Tous, nous voulions le voir et l'entendre, et nous n'y avons jamais réussi. Et aujourd'hui, nous l'avons manqué de quelques heures.

Le capitaine Hart regarda les joues de Martin.

— Vous êtes en train de pleurer comme un enfant. Assez !

— Ça m'est égal.

— Eh bien, pas à moi. Devant ces indigènes, nous devons rester unis. Vous êtes surmené. Je vous l'ai déjà dit, je vous pardonne.

— Je n'ai pas besoin de votre pardon.

— Espèce de crétin ! Vous ne voyez donc pas que c'est un tour de Burton ? Il leur a jeté de la poudre aux yeux, il s'est joué d'eux afin d'établir son entreprise pétrolière et minière sous un camouflage religieux. Vous êtes un imbécile, Martin. Un sot ! Vous devriez connaître les Terriens, à l'heure qu'il est. Ils feraient n'importe quoi, blasphémer, mentir, tricher, voler, tuer, pour aboutir à leurs fins. Tout est bon, pourvu que ce soit efficace ; un vrai pragmatiste : tel est Burton ! Vous le connaissez bien !

Le capitaine ricana.

— Allons, Martin, déchantez, admettez-le. C'est le genre de truc mirobolant que Burton est capable de monter, pour bien gruger ces citoyens et les plumer quand ils seront à point.

Martin réfléchit.

— Non, dit-il.

La capitaine leva la main.

— C'est du Burton, du Burton craché ! Sa sale manière, ses façons criminelles. Je suis forcé d'admirer le vieux dragon. Arriver ainsi en soufflant du feu, entouré d'un halo, avec des mots doux et des airs charitables, un onguent par-ci et un rayon par-là. C'est du Burton, il n'y a pas de doute !

— Non !

La voix de Martin était assourdie. Il se mit la main sur les yeux.

— Non. Je ne puis le croire.

— Vous ne voulez pas le croire, poursuivit le capitaine. Admettez-le. Rendez-vous à l'évidence. C'est précisément ce qu'aurait fait Burton. Assez de rêves, Martin. Réveillez-vous. Le jour s'est levé. Le monde est réel, et nous sommes des êtres réels et pas très propres ; et Burton est le plus sale !

Martin se détourna.

— Allons, allons, Martin, dit Hart, en lui tapotant l'épaule d'un geste mécanique. Je comprends. C'est un grand choc. Je sais. C'est dégoûtant, etc. Burton est une canaille. Laissez tomber. Laissez-moi m'en occuper.

Martin s'éloigna lentement en direction de la fusée.

Le capitaine Hart le suivit un moment des yeux. Puis, avec un soupir, il se tourna vers la femme qu'il avait interrogée.

— Bon. Parlez-moi encore de cet homme. Vous disiez donc, Madame ?

Plus tard, les officiers du bord dînaient dehors sur des tables de jeu. Le capitaine répétait les renseignements qu'il avait recueillis à l'intention d'un Martin silencieux, assis, les yeux rouges, devant son assiette.

— Interviewé une trentaine de personnes, toutes débitant les mêmes sornettes, dit le capitaine. C'est le travail de Burton, j'en suis certain. Il va dégringoler ici demain ou la semaine prochaine pour consolider ses miracles et nous gagner de vitesse avec ses contrats. Je vais tenir bon et lui gâcher la besogne.

Martin leva un regard morne.

— Je le tuerai, dit-il.

— Allons, allons, Martin ! Là, du calme.

— Je le tuerai... je le jure.
— On va lui mettre des bâtons dans les roues. Il faut admettre qu'il n'est pas bête. Immoral, mais intelligent.
— Il est ignoble.
— Vous devez promettre de ne rien faire de violent.
Le capitaine Hart vérifia ses chiffres.
— D'après mes notes, il y a eu trente guérisons miraculeuses, un aveugle qui a recouvré la vue, un lépreux redevenu sain. Oh, Burton est efficace, on ne peut le nier.
Un gong retentit. Une minute plus tard, un homme accourut.
— Capitaine ! Un rapport ! Le vaisseau de Burton arrive. Et aussi celui d'Ashley !
— Vous voyez !
Hart frappa du poing sur la table.
— Voici les chacals ! Ils pourront attendre leur pitance ! Je vais leur faire face ! J'aurai une part du gâteau, croyez-moi !
Martin avait l'air malade. Il regardait le capitaine.
— Les affaires, mon cher, sont les affaires ! dit le capitaine.
Tout le monde leva la tête. Deux fusées descendaient du ciel. Elles atterrirent en s'écrasant presque.
— Qu'est-ce qu'ils ont, ces idiots ? cria le capitaine, sautant sur ses pieds.
— Ils coururent vers les vaisseaux fumants. La porte du sas s'ouvrit dans la fusée de Burton.
Un homme tomba dans leurs bras.
— Qu'est-ce qui se passe ? hurla le capitaine Hart.
L'homme gisait sur le sol. Ils se penchèrent sur lui. Il était brûlé, gravement. Son corps était couvert de blessures, d'escarres, l'épiderme était enflammé et fumait par endroits. Ses paupières étaient boursouflées et sa langue était épaisse entre ses lèvres à vif.

— Qu'est-il arrivé ? demanda le capitaine agenouillé, en secouant le bras de l'homme.

— Capitaine, capitaine ! murmura l'agonisant. Il y a quarante-huit heures, dans le secteur 79 D.F.S., à l'ouvert de la Planète 1 dans ce système, notre vaisseau et celui d'Ashley sont tombés dans un orage cosmique.

Un liquide grisâtre exsuda de ses narines. Le sang coulait de sa bouche.

— Nettoyés. Tout l'équipage. Burton mort. Ashley est mort il y a une heure. Seulement trois survivants.

— Écoutez-moi ! cria Hart, penché sur l'homme qui saignait. Vous n'avez pas atterri sur cette planète avant cet instant.

Silence.

— Répondez !

Le mourant dit :

— Non. Orage. Burton mort il y a deux jours. Premier atterrissage depuis six mois.

— Êtes-vous sûr ? cria Hart en secouant violemment l'homme dans ses doigts serrés. Êtes-vous sûr ?

— Sûr, sûr, balbutia l'autre.

— Burton est mort il y a deux jours ? Vous êtes certain ?

— Oui... oui... siffla l'homme.

Sa tête retomba. Il était mort.

Le capitaine resta à genoux auprès du cadavre. Son visage était agité de tremblotements, les muscles déréglés. Son équipage, derrière lui, regardait. Martin attendait. Le capitaine demanda qu'on l'aidât à se relever. Ce qui fut fait. Ils se tinrent debout, les yeux fixés sur la ville.

— Cela veut dire...

— Cela veut dire ? demanda Martin.

— Nous avons été les premiers, chuchota le capitaine. Et cet homme...

— Eh bien, cet homme, capitaine ? demanda Martin.

Des tics travaillaient la face du capitaine. Il avait l'air vraiment très vieux, et tout gris. Ses yeux étaient vitreux. Il avança sur l'herbe sèche.
— Venez, Martin. Venez. Tenez-moi. Faites ça pour moi. J'ai peur de tomber. Allons vite. Nous ne pouvons pas perdre de temps...

Ils marchèrent en trébuchant vers la ville, dans l'herbe haute et sèche, et dans le vent.

Plusieurs heures s'étaient écoulées. Ils étaient assis dans la grande salle de la mairie. Un millier de personnes étaient venues, avaient parlé et étaient reparties. Le capitaine restait sur son siège, hagard, écoutant, écoutant intensément. Il y avait tant de lumière dans le visage de ceux qui venaient témoigner et parler qu'il ne pouvait plus supporter de les voir. Et tout le temps, ses mains s'agitaient, se joignaient, tiraillaient sa veste, sa ceinture.

Quand ce fut terminé, le capitaine Hart se tourna vers le maire et lui dit avec des yeux étranges :
— Mais vous savez sûrement où il est allé ?
— Il ne l'a pas dit, répondit le maire.
— Sur l'un des mondes voisins ?
— Je ne sais pas.
— Vous devez savoir.
— Est-ce que vous le voyez ? demanda le maire, en indiquant la foule.

Le capitaine regarda.
— Non !
— Alors il est probablement parti, dit le maire.
— Probablement, probablement ! s'écria le capitaine ; sa voix était faible. J'ai commis une terrible erreur. Je veux le voir maintenant. Je viens de comprendre que c'est un événement extraordinaire dans l'histoire. Participer à une chose comme celle-là ! Mais il n'y a qu'une chance sur un milliard d'arriver

sur une certaine planète, parmi des millions d'autres, le lendemain de sa venue, à *lui !* Vous devez savoir où il est allé !

— Chacun le trouve à sa manière, répondit doucement le maire.

— Vous le cachez !

Progressivement, l'expression du capitaine était devenue très laide. La dureté revenait. Il se mit debout.

— Non, dit le maire.

— Alors, vous savez où il est ?

La main du capitaine frottait contre l'étui pendu à son côté droit.

— Je ne pourrais vous dire où il est exactement, dit le maire.

— Je vous conseille de parler.

Le capitaine sortit une petite arme en acier.

— Il n'y a aucune possibilité de vous dire quoi que ce soit.

— Menteur !

Les yeux du maire, fixés sur le visage de Hart, étaient pleins de pitié.

— Vous êtes très fatigué, dit-il. Vous avez fait un long voyage. Vous appartenez à un peuple fatigué qui est resté longtemps sans foi. Et maintenant, vous voulez tellement croire que vous êtes devenu un obstacle pour vous-même. Vous rendrez seulement les choses plus difficiles si vous tuez. Vous ne le trouverez jamais de cette façon.

— Où est-il allé ? Il vous l'a dit, vous le savez. Allez, dites-le !

Le capitaine pointa son arme.

Le maire secoua la tête.

— Dites-moi ! Dites-moi !

Il fit feu une fois, une deuxième. Le maire tomba, blessé au bras.

Martin bondit.
— Capitaine !
Il pointa son arme vers Martin.
— Ne vous en mêlez pas !
Par terre, tenant son bras atteint, le maire leva la tête.
— Laissez votre arme. Vous vous faites du mal à vous-même. Vous n'avez jamais cru, et maintenant que vous pensez croire, vous faites du mal à cause de cela.
— Je n'ai pas besoin de vous, dit Hart, debout au-dessus de lui. Si je l'ai manqué d'un jour, j'irai sur un autre monde. Et sur un autre, sur un autre encore. Je le manquerai d'une demi-journée, à la prochaine planète, peut-être, et d'un quart de journée à la suivante ; et de quelques heures à la suivante, et d'une demi-heure à la suivante et d'une minute à la suivante. Et un jour, je le rattraperai ! Vous entendez !
Il criait maintenant, penché sur l'homme étendu. Il chancelait d'épuisement.
— Venez, Martin !
L'arme pendait au bout de son bras.
— Non, dit Martin. Je reste ici.
— Vous êtes un imbécile. Restez si vous voulez. Mais moi, je continue, avec les autres, aussi loin que je pourrai aller.
Le maire regarda Martin.
— Tout ira bien. Laissez-moi. On s'occupera de mes blessures.
— Je reviendrai, dit Martin. Je vais aller jusqu'à la fusée.
Ils marchèrent à une allure hargneuse à travers la ville. L'effort du capitaine pour garder la tête haute, pour aller de l'avant, était visible. Quand il eut atteint la fusée, il donna une tape sur le flanc de métal d'une main tremblante. Il remit son arme dans l'étui et regarda Martin.

— Alors, Martin ?

Martin le regarda.

— Alors, capitaine ?

Les yeux de celui-ci erraient dans le ciel.

— Vous êtes sûr que vous ne voulez pas venir avec... avec moi, hein ?

— Non, capitaine.

— Ce sera une grande aventure, bon Dieu ? Je sais que je le trouverai.

— Vous y êtes décidé à présent, n'est-ce pas ? demanda Martin.

Le visage du capitaine tressaillit et ses yeux se fermèrent.

— Oui.

— Il y a une chose que je voudrais savoir.

— Laquelle ?

— Capitaine, quand vous l'aurez trouvé, *si* vous le trouvez, qu'allez-vous lui demander ?

— Eh bien...

Le capitaine hésita et ouvrit les yeux. Ses doigts se crispaient et se relâchaient. Il eut enfin un sourire bizarre.

— Eh bien, je lui demanderai un peu... de paix et de calme.

Il toucha la fusée.

— Il y a longtemps, longtemps que je ne me suis reposé.

— Avez-vous jamais essayé, tout simplement, capitaine ?

— Je ne comprends pas, dit Hart.

— Ça ne fait rien. Au revoir, capitaine.

— Au revoir, lieutenant Martin.

L'équipage se tenait au panneau. Trois seulement repartaient avec Hart. Sept autres disaient qu'ils voulaient rester avec Martin.

Le capitaine Hart les embrassa du regard et conclut :

— Pauvres fous !

Le dernier, il grimpa dans le sas, salua, rit sèchement. Le panneau claqua.

La fusée s'éleva sur un pilier de feu.

Martin la regarda s'éloigner et disparaître.

Au bord de la prairie, le maire, soutenu par plusieurs hommes, l'appelait.

— Il est parti, dit Martin en s'approchant.

— Oui, pauvre homme, il est parti, dit le maire. Et il poursuivra, de planète en planète, sa quête, et toujours et toujours il sera en retard d'une heure, ou d'une demi-heure, ou de dix minutes, ou d'une minute. Et finalement, il ne le manquera que de quelques secondes. Et quand il aura visité trois cents mondes et qu'il aura soixante-dix ou quatre-vingts ans, il ne le manquera plus que d'une fraction de seconde. Et il continuera sa course, à la recherche de la chose même qu'il a laissée ici, sur cette planète, dans cette ville...

Martin regarda fixement le maire.

Celui-ci tendit la main.

— En avez-vous jamais douté ?

Il fit un signe aux autres et se tourna.

— Venez ! Il ne faut pas le faire attendre.

(Extrait de : L'Homme illustré, *traduit de l'anglais par C. Andronikof.)*

La fusée

Souvent la nuit, Fiorello Bodoni se réveillait et écoutait les fusées passer en soupirant dans le ciel. Il se levait, certain que sa bonne épouse était plongée dans ses rêves, et il sortait sur la pointe des pieds sous les étoiles. Pour quelques instants, il se délivrait ainsi des odeurs rances de cuisine qui imprégnaient sa petite maison au bord de la rivière. Et durant ces instants de silence, il laissait son cœur s'élancer dans l'espace à la suite des fusées.

Cette nuit-là, il se tenait dévêtu dans l'obscurité et il observait les fontaines de feu qui chuchotaient dans le firmament, les fusées emportées sur leurs violentes trajectoires vers Mars, Saturne ou Vénus.

– Eh bien, eh bien, Bodoni !

Bodoni sursauta.

Assis sur une caisse, près de la rivière tranquille, un vieil homme regardait lui aussi les fusées dans l'air calme.

– Ah, c'est vous, Bramante !
– Est-ce que tu sors tous les soirs, Bodoni ?
– Oh, pour prendre un peu l'air.
– Ah oui ? Moi, je préfère regarder les fusées. J'étais

enfant quand elles ont commencé à voler. Il y a de cela quatre-vingts ans et je ne suis jamais monté dedans.

— Un jour, moi, je monterai dedans.

— Tu es fou ! s'écria Bramante. Tu n'iras jamais. Le monde est aux riches.

Il secoua sa tête grise, tout à ses souvenirs.

— Quand j'étais jeune, ils ont écrit en lettres de feu : *Le Monde de l'Avenir ! La Science, le Confort et des Choses nouvelles pour tous !* Ah oui ! Quatre-vingts ans ! C'est maintenant, l'Avenir. Est-ce que nous prenons les fusées ? Non. Nous continuons à vivre dans des taudis, comme nos ancêtres.

— Mes fils, peut-être... dit Bodoni.

— Non, ni les fils de tes fils ! cria le vieil homme. C'est le riche qui peut faire de tels rêves et monter dans les fusées.

Bodoni hésita.

— Vieux Bramante, j'ai mis de côté trois mille dollars. Il m'a fallu six ans pour le faire. Je les ai économisés pour mon entreprise, je veux les investir dans du matériel. Mais, chaque nuit, depuis un mois, je ne dors plus. J'entends les fusées. Je réfléchis. Et ce soir, j'ai pris une décision. L'un de nous ira sur Mars !

Ses yeux étaient sombres et ils luisaient.

— Crétin ? coupa Bramante. Comment le choisiras-tu, celui qui partira ? Lequel ira ? Si c'est toi, ta femme va te détester, car tu auras été un petit peu plus près de Dieu dans l'espace. Quand tu lui raconteras ton voyage extraordinaire, dans les années qui vont venir, est-ce qu'elle ne sera pas dévorée de jalousie ?

— Non, non.

— Mais si ! Et tes enfants ? Est-ce que cela remplira leur vie, de savoir que papa a pris la fusée pour Mars tandis qu'ils sont restés là ? Tu vas leur imposer un tel travail ! Ils rêveront à la fusée toute leur vie. Ils en perdront le sommeil. Ils en seront malades. Comme toi, actuellement. Ils perdront goût à la vie, s'ils ne partent pas. Ne leur impose pas ce but, je te préviens. Qu'ils se contentent d'être pauvres ! Dirige leurs yeux sur leurs mains et sur ton chantier de ferraille, pas vers les étoiles.

— Mais...

— Et suppose que ta femme y aille ? Quel serait ton sentiment, sachant qu'elle a *vu* et toi, pas ? Tu ne pourras plus la voir. Tu auras envie de la jeter à l'eau. Non, Bodoni, achète la nouvelle concasseuse dont tu as besoin, et fourre tes rêves dedans.

Le vieil homme se tut, les yeux fixés sur la rivière où des images noyées de fusées sillonnaient le ciel.

— Bonne nuit, dit Bodoni.

— Dors bien, dit l'autre.

Quand le toast sauta hors du gril à pain, Bodoni poussa presque un cri. Il avait passé une nuit sans sommeil. Parmi ses enfants nerveux, à côté de sa femme énorme, Bodoni s'était tourné et retourné, les yeux perdus dans le vague. Bramante avait raison. Il valait mieux investir son argent. Pourquoi le mettre de côté, quand un seul membre de la famille pouvait prendre la fusée, tandis que les autres resteraient à se ronger ?

— Fiorello, mange ton toast, lui dit sa femme Maria.

— Ma gorge est desséchée, dit Bodoni.

Les enfants firent irruption dans la pièce, les trois garçons se disputant un jouet en forme de fusée ; les deux filles portant des poupées qui représentaient les habitantes de Vénus ou de Neptune, vertes, avec trois yeux jaunes et douze doigts.

— J'ai vu la fusée de Vénus ! lança Paolo.

— Elle a décollé avec un de ces bruits, ouiiish ! dit Antonello.

— Taisez-vous, les enfants ! cria Bodoni, en se bouchant les oreilles.

Ils le regardèrent avec des yeux ronds. Il élevait rarement la voix.

Bondoni se leva.

— Écoutez, tous! J'ai assez d'argent pour que l'un d'entre nous aille sur Mars.

Ils poussèrent des cris.

— Vous comprenez? demanda-t-il. Un seulement. Qui?

— Moi, moi, moi! crièrent les enfants.

— Toi, dit Maria.

— Toi, lui dit Bodoni.

Et ils se turent.

Les enfants réfléchissaient.

— Que Lorenzo y aille... c'est le plus vieux.

— Non, Miriamme... c'est une fille.

— Pense à ce que tu pourras voir, dit Maria à son mari.

Mais l'expression de ses yeux était bizarre. Sa voix tremblait.

— Les météores, comme des poissons. L'univers. La Lune. Celui qui ira doit savoir raconter. Et tu sais parler.

— Toi aussi, objecta-t-il.

Ils tremblaient tous.

— Tenez, décida Bodoni, sans enthousiasme.

Il arracha quelques pailles à un balai.

— Nous allons tirer à la courte paille.

Il tendit son poing hérissé de brins.

— Choisissez.

Ils prirent une paille chacun, solennellement.

— Longue.

— Longue.

Un autre.

— Longue.

Tous les enfants avaient tiré. La pièce était silencieuse. Il ne restait plus que deux pailles. Bodoni sentait son cœur qui lui faisait mal.

— A toi, chuchota-t-il, Maria.
Elle tira.
— La courte, dit-elle.
— Ah ! soupira Lorenzo, mi-triste mi joyeux. Maman ira.
Bodoni essaya de sourire.
— Félicitations ! Je t'achèterai ton billet aujourd'hui même.
— Attends, Fiorello...
— Tu pourras partir la semaine prochaine.
Elle vit les yeux tristes des enfants fixés sur elle, avec des sourires sous leurs grands nez droits. Elle rendit lentement la paille à son mari.
— Je ne peux partir pour Mars.
— Mais pourquoi pas ?
— Je vais avoir un nouveau bébé.
— Quoi ?
Elle détourna son regard.
— Je ne dois pas voyager dans mon état.
Il lui prit le coude.
— Est-ce que c'est vrai ?
— Il faut retirer.
— Pourquoi ne m'avais-tu rien dit ? insista-t-il.
— J'ai oublié.
— Maria, Maria !
Il lui tapota la joue. Il se tourna vers les enfants.
— On recommence.
Paolo tira immédiatement la courte paille.
— Je vais sur Mars !
Il faisait des bonds.
— Oh, merci, papa !
Les autres enfants se reculèrent.
— C'est épatant, Paolo !
Paolo ne souriait plus, en regardant ses parents, ses frères et ses sœurs.
— Je peux partir, n'est-ce pas ? demanda-t-il en hésitant.

— Oui.
— Et vous m'aimerez encore, quand je reviendrai ?
— Bien sûr.

Paolo considéra le précieux brin de paille, dans sa main tremblante. Il secoua la tête.

— Je n'y pensais plus. Il y a l'école. Je ne peux pas partir. Il faut tirer de nouveau.

Mais personne ne le voulait. Ils se sentaient lourds et tristes.

— Personne n'ira, dit Lorenzo.
— Cela vaut mieux ainsi, dit Maria.
— Bramante avait raison, dit Fiorello.

Avec son petit déjeuner comme un caillou dans son estomac, Bodoni travaillait dans son chantier de démolition, découpant le métal, le faisant fondre, coulant des lingots. Son matériel se démantibulait. La concurrence l'avait maintenu sur le seuil coupant de la pauvreté pendant vingt ans. La matinée était bien mauvaise.

Dans l'après-midi, un homme entra dans sa cour.

— Hé, Bodoni ! J'ai du métal pour vous.
— Qu'est-ce que c'est, Mr. Mathews ?
— Une fusée. Ça ne colle pas ? Vous n'en voulez pas ?
— Si, si !

Bodoni lui saisit le bras et s'arrêta interdit.

— Évidemment, ce n'est qu'une maquette. Vous savez bien, quand ils établissent des plans pour une nouvelle fusée, ils construisent d'abord un modèle à l'échelle, en aluminium. Vous pourriez en retirer un petit bénéfice si vous la faites fondre. Je vous la laisse pour deux mille...

Bodoni retira sa main.

— Je n'ai pas l'argent.
— Tant pis. Je pensais pouvoir vous aider. La dernière fois que nous avons bavardé, vous aviez dit que

tout le monde vous battait aux enchères. Je croyais vous passer le tuyau en douce. Eh bien...

— J'ai besoin de nouveau matériel. J'ai économisé de l'argent pour cela.

— Oh, je comprends.

— Si j'achetais votre fusée, je ne pourrais même pas la faire fondre. Mon four à aluminium s'est fendu la semaine dernière.

— Évidemment.

— Si je vous achetais votre fusée, je ne pourrais rien en faire.

— Je sais.

Bodoni cligna des yeux, les ferma, les rouvrit et regarda Mr. Mathews.

— Mais je suis un fou. Je vais prendre l'argent à la banque et vous le donner.

— Puisque vous ne pouvez pas la faire fondre...

— Livrez-la-moi, dit Bodoni.

— Bon, bon. Ce soir ?

— Ce soir, dit Bodoni, ce serait parfait. Oui, j'aimerais avoir une fusée ce soir.

La lune était levée. La fusée se tenait, grande et argentée, au milieu du chantier. Elle reflétait la blancheur de la lune et le bleu des étoiles. Bodoni la contemplait et il l'aimait. Il avait envie de la caresser, se coucher contre elle, presser sa joue contre le flanc, lui murmurer tous les désirs secrets de son cœur.

Il la parcourut des yeux. « Tu es toute à moi, dit-il. Même si tu ne bouges jamais et que tu ne craches pas les flammes, et que tu restes là cinquante ans à rouiller, tu es à moi. »

La fusée sentait le temps et la distance. C'était comme s'il était entré dans un mécanisme d'horlogerie. Elle avait un fini de montre suisse. On avait envie de la porter dans son gousset. « Je pourrais même y dormir cette nuit. »

Il s'assit dans le siège du pilote.
Il toucha un levier.
Il se mit à produire une sorte de ronflement, la bouche fermée, les yeux clos.
Le ronflement devint plus fort, encore plus fort, il monta, devint plus haut, plus étrange, plus excitant ; il le faisait trembler et se pencher en avant et se rabattre en arrière, ainsi que tout le vaisseau, dans une sorte de silence rugissant, dans un déchirement de métal ; tandis que ses doigts volaient sur les boutons de commande ; le son s'amplifia, jusqu'à devenir du feu, une force, une poussée, une énergie qui menaçait de le couper en deux. Il étouffait. Il continua, car il ne pouvait s'arrêter, il ne pouvait que continuer, paupières serrées l'une contre l'autre, le cœur battant la chamade. « Départ ! » cria-t-il. Une déflagration le secoua, un tonnerre. « La Lune ! cria-t-il, tendu à se rompre. Les météores ! » L'élan silencieux dans l'éclat d'une éruption. « Mars ! Oh, Seigneur, Mars ! Mars ! »
Il se rejeta sur son siège, épuisé, haletant. Ses mains tremblantes lâchèrent les manettes. Sa tête retomba en arrière avec violence. Il resta là, longtemps, respirant à grandes bouffées ; les battements de son cœur s'apaisaient.
Très lentement, il ouvrit les yeux.
Le chantier de démolition était toujours là.
Il resta assis sans bouger. Il regarda un long moment l'amoncellement de ferraille. Puis il sauta sur ses pieds et frappa les leviers de commande.
– Décolle, par l'enfer !
Le vaisseau resta silencieux.
– Tu vas voir !
En trébuchant, il sauta à terre, se précipita sur son appareil de démolition, lança le moteur rageur, manœuvra la massive coupeuse, avança sur la fusée. Il s'apprêta avec ses mains tremblantes à déchaîner les

marteaux, à écraser, à lacérer ce rêve faux et insolent, cette chose stupide qu'il avait payée de son argent, qui ne bougeait pas, qui ne voulait pas lui obéir.

— Tu vas voir !

Mais sa main s'arrêta. La fusée d'argent luisait au clair de lune. Au-delà, il voyait les lumières de sa maison, affectueuses. Il entendit sa radio jouer un air. Il resta assis une demi-heure, à contempler la fusée et les lumières de sa maison ; ses yeux se rétrécissaient et s'élargissaient. Il descendit de son appareil de démolition et se mit à marcher ; en marchant, il se mit à rire ; quand il eut atteint la porte de sa demeure, il aspira l'air profondément et appela :

— Maria, Maria ! fais les valises. Nous partons pour Mars !

— Oh !
— Ah !
— Je ne puis le croire !
— Mais si, mais si !

Les enfants se balançaient d'un pied sur l'autre devant la fusée, ils n'osaient pas encore la toucher. Ils se mirent à pleurer.

Maria regarda son mari.

— Qu'as-tu fait ? Tu as pris notre argent pour cela ? Ça ne volera jamais.

— Si, dit-il, les yeux fixés sur la fusée.

— Les fusées coûtent des millions. As-tu des millions ?

— Elle va voler, répéta-t-il. Rentrez tous, maintenant, j'ai des coups de téléphone à donner, du travail à faire. Nous partons demain. Et ne le dites à personne, compris ? C'est un secret.

Les enfants s'éloignèrent en chancelant. Il vit leurs petits visages enfiévrés aux fenêtres de la maison.

Maria n'avait pas bougé.

— Tu nous a ruinés, dit-elle. Notre argent employé pour cette... cette chose. Alors qu'il fallait acheter du matériel.

— Tu vas voir, dit-il.

Sans un mot, elle tourna les talons.

— Que Dieu m'aide, murmura-t-il.

Et il se mit au travail.

Vers le milieu de la nuit, des camions arrivèrent, livrèrent des colis ; Bodoni, en souriant, épuisa son compte en banque. Avec un chalumeau et des pièces de métal, il attaqua la fusée, souda, supprima, lui adjoignit des artifices magiques et lui infligea de secrètes insultes. Il boulonna neuf vieux moteurs d'automobiles dans la chambre des machines. Puis il ferma hermétiquement le panneau pour que nul ne pût voir ce qu'il avait fait.

A l'aube, il entra dans la cuisine.

— Maria, dit-il, je suis prêt à prendre mon petit déjeuner.

Elle ne souffla mot.

Au coucher du soleil, il appela les enfants.

— C'est prêt ! Venez.

La maison resta silencieuse.

— Je les ai enfermés, dit Maria.

— Qu'est-ce que cela veut dire ?

— Vous vous tuerez dans cette fusée. Quel genre de fusée est-ce qu'on peut acheter pour deux mille dollars ? Une très mauvaise.

— Écoute-moi, Maria.

— Elle va exploser. De toute façon, tu n'es pas pilote.

— Et pourtant, je pourrai la faire voler. Je l'ai arrangée.

— Tu es devenu fou, dit-elle.

— Où est la clef du débarras ?

— Je l'ai sur moi.

Il tendit la main.
- Donne-la-moi.
Elle la lui donna.
- Tu vas les tuer.
- Mais non.
- Si, oh si ! Je le sens.
- Tu ne viens pas ?
- Je vais rester ici, dit-elle.
- Tu comprendras, alors tu verras, dit-il en souriant.

Il ouvrit la porte du débarras.
- Venez les enfants. Suivez papa.
- Au revoir, au revoir, maman !

Elle resta à la fenêtre de la cuisine, les suivant des yeux, très droite, sans mot dire.

A la porte de la fusée, Bodoni dit :
- Les enfants, nous partons pour une semaine. Vous devez retourner à l'école, et moi à mon travail.

Il les prit par la main à tour de rôle.
- Écoutez. C'est une très vieille fusée. Elle ne pourra plus faire qu'un seul voyage. Elle ne volera plus. Ce sera le voyage de votre vie. Gardez les yeux ouverts.
- Oui, papa.
- Écoutez, de toutes vos oreilles. Sentez les odeurs d'une fusée. Rappelez-vous. Et, quand vous reviendrez, vous en parlerez tout le reste de votre vie.
- Oui, papa.

Le vaisseau était silencieux comme une horloge arrêtée. Le sas se referma en sifflant. Il les boucla, comme de petites momies, dans les hamacs en caoutchouc.
- Prêts ?
- Prêts ! répondirent-ils.
- Départ !

Il poussa dix boutons. La fusée tonna et bondit. Les

enfants se balancèrent dans leurs hamacs en poussant des cris.

– Voici la Lune !

La Lune passa comme dans un rêve. Des météores éclatèrent en feu d'artifice. Le temps s'écoula, serpentin de gaz en ignition. Les enfants trépignaient. Détachés de leurs hamacs, des heures plus tard, ils se collèrent aux hublots.

– Voici la Terre... et voici Mars !

La fusée laissait tomber des pétales de feu rose, tandis que les aiguilles tournaient sur les cadrans. Les yeux des enfants se fermaient. Enfin, ils s'endormirent dans leurs sangles comme des papillons dans leurs cocons.

– Bon, murmura Bodoni, seul.

Il sortit sur la pointe des pieds de la chambre de contrôle et se tint pendant un long moment d'inquiétude devant le panneau du sas.

Il appuya sur un bouton. La porte pivota. Il sortit.

Dans l'espace ? Dans les flots d'encre des météores ? Dans la distance qui file et dans des dimensions infinies ?

Bodoni sourit. Autour de la fusée frémissante s'étendait le chantier.

Rouillée, avec son cadenas qui pendait, il vit la grille de la cour, la petite maison silencieuse, la fenêtre allumée de la cuisine, et la rivière qui s'en allait toujours vers la même mer. Et au milieu de tout ça, la fusée ronronnante agitait les enfants dans leurs hamacs.

Maria se tenait à la fenêtre de la cuisine.

Il lui fit un signe de la main et sourit.

Il ne pouvait voir si elle agitait la main. Un petit geste, peut-être. Et un petit sourire.

Le soleil se levait.

Bodoni rentra vite dans la fusée. Silence. Les

enfants dormaient. Il se laça dans un hamac et ferma les yeux. Il s'adressa une prière à lui-même. Que rien n'arrive à l'illusion durant les six prochains jours. Que l'espace vienne et s'étire, que Mars la rouge glisse sous la fusée, avec ses satellites ; qu'il n'y ait pas de coupure dans les films en couleurs. Que les trois dimensions se maintiennent, que rien ne détériore les miroirs et les écrans cachés qui fabriquent le rêve. Que le temps s'écoule sans anicroche.

Il se réveilla. Mars flottait près de la fusée.

– Papa !

Les enfants tiraient comme des fous sur leurs sangles pour qu'il vienne les détacher.

Mars était rouge, tout marchait bien et Bodoni était heureux.

Au soir du septième jour, la fusée cessa de vibrer.

– Nous sommes arrivés, dit Fiorello Bodoni.

Ils sortirent de la fusée et traversèrent le chantier, le sang chantait dans leurs veines et leurs yeux brillaient.

– J'ai préparé des œufs au jambon pour vous tous, dit Maria de la porte de la cuisine.

– Maman, maman, tu aurais dû venir, tu aurais dû voir Mars, maman, et les météores et tout !

– Oui, dit-elle.

A l'heure de se coucher, les enfants s'assemblèrent devant Bodoni.

– Nous voulons te remercier, papa.

– Ce n'est rien du tout.

– Nous nous en souviendrons toujours, papa. Nous n'oublierons jamais.

Très tard dans la nuit, Bodoni ouvrit les yeux. Il sentit que sa femme, allongée à ses côtés, l'observait. Elle ne fit pas un mouvement pendant longtemps et puis elle embrassa soudain ses joues et son front.

– Tu es le meilleur des pères qui soient au monde, chuchota-t-elle.

— Et pourquoi ?
— Maintenant, je le comprends, dit-elle, je le vois. Elle lui prit la main, les yeux fermés.
— Est-ce que c'est un très beau voyage ?
— Oui.
— Peut-être, dit-elle, peut-être qu'une nuit tu pourrais m'emmener pour un tout petit tour, tu ne crois pas ?
— Un petit, peut-être, dit-il.
— Merci, dit-elle. Bonne nuit.
— Bonne nuit, dit Fiorello Bodoni.

(Extrait de : L'Homme illustré, *traduit de l'anglais par C. Andronikof.)*

FOLIO JUNIOR ÉDITION SPÉCIALE

Ray Bradbury

Un coup de tonnerre

Supplément réalisé par
Christian Grenier

Illustrations de Marc Lagarde

SOMMAIRE

VIVEZ-VOUS AVEC VOTRE TEMPS ?

1. AU FIL DU TEXTE

UN COUP DE TONNERRE (p. 163)
Avez-vous bien lu cette nouvelle ?
Un titre majuscule - Machines et science-fiction
Revenir en arrière - Bradbury professeur
Un coup de tonnerre - Les monstres du passé

ILS AVAIENT LA PEAU BRUNE ET LES YEUX DORÉS (p. 167)
Avez-vous bien lu cette nouvelle ?
Une étrange épidémie - anachronismes
Une planète Mars poétique - Vieux noms pour lieux nouveaux

VACANCE (p. 169)
Avez-vous bien lu cette nouvelle ?
Un monde désert - Vœu dangereux
Une bouteille à la mer ! - Un an de vacances

« JEUNES AMIS, FAITES POUSSER DES CHAMPIGNONS DANS VOTRE CAVE… » (p. 172)
Avez-vous bien lu cette nouvelle ?
L'intrusion de l'insolite - Un portrait concis et précis
Retrouvez les champignons !

LA SIRÈNE (p. 174)
Avez-vous bien lu cette nouvelle ?
Le monstre et la sirène - Les mystères de la mer
Poissons des abysses - Animaux fabuleux

L'ENFANT INVISIBLE (p. 177)
Avez-vous bien lu cette nouvelle ?
Quelques moyens magiques
Fantastique, conte ou science-fiction ?

L'HOMME (p. 179)
Avez-vous bien lu cette nouvelle ?
Des personnalités très différentes - Tous les noms de Jésus

LA FUSÉE (p. 180)
Avez-vous bien lu cette nouvelle ?
Richesse et pauvreté - Les fusées du XXe siècle

2. LES EXPLORATEURS DU TEMPS DANS LA LITTÉRATURE (p. 182)

3. SOLUTIONS DES JEUX (p. 188)

ET TOUT D'ABORD, UN TEST !

VIVEZ-VOUS AVEC VOTRE TEMPS ?

De nouvelle en nouvelle, Ray Bradbury nous entraîne dans des mondes étrangers, mais aussi dans des époques très différentes : parfois très loin dans le futur, parfois très loin dans le passé. Avez-vous, comme le chasseur Eckels, la nostalgie des temps révolus, êtes-vous, au contraire, impatient de vivre le futur, ou bien êtes-vous tout simplement à l'aise dans votre époque ? Pour savoir si vous vivez avec votre temps, répondez aux questions qui suivent, et situez votre personnalité par rapport au Temps en vous reportant à la page 188.

1. *Un repas sympa, c'est plutôt:*
A. Le McDonald's △
B. Le poulet-frites familial du dimanche ○
C. Une soirée pizza avec des copains ❑

2. *Voir un bon film, pour vous, c'est:*
A. Aller au cinéma ○
B. Louer une cassette vidéo △
C. Regarder la télé ❑

3. *La meilleure définition du Père Noël:*
A. Une coutume dépassée △
B. Un prétexte à cadeaux ❑
C. Une tradition à respecter ○

4. *Vous allez rejoindre votre correspondant à Londres. Vous choisissez:*
A. L'avion △
B. Le ferry ○
C. Le car et le tunnel ❑

5. *Ce soir, vous regardez :*
A. « Robin des Bois » ○
B. « L'Empire contre-attaque » △
C. « Indiana Jones » ☐

6. *Au petit déjeuner, votre menu favori :*
A. Céréales, yaourt, jus de fruit ☐
B. Chocolat, tartines, confiture ○
C. Un croissant décongelé en vitessse △

7. *La meilleure façon de goûter la musique :*
A. Un concert « live » ○
B. Une chaîne hi-fi ☐
C. Un baladeur △

8. *Vous devez souhaiter l'anniversaire de votre grand-père :*
A. Vous l'appelez au téléphone △
B. Vous lui envoyez une carte de vœux ☐
C. Vous allez le voir ○

9. *Votre opinion sur les jeux vidéo :*
A. La plupart ne valent pas un bon bouquin ○
B. Certains sont passionnants △
C. On s'en lasse vite ☐

10. *Le Minitel ?*
A. Vous jonglez avec tous les serveurs △
B. Pratique, mais coûteux ☐
C. Vous ne savez même pas comment ça fonctionne ! ○

11. *Votre livre de chevet :*
A. Un roman d'anticipation △
B. Un essai politique ☐
C. Un recueil de poèmes ○

12. *Votre sport favori :*
A. La planche à voile △
B. Le tennis ☐
C. La randonnée ○

13. *Pour vous, la pub est :*
A. Un art △
B. Une technique de vente ☐
C. Une escroquerie répugnante ○

14. *Vous collectionnez :*
A. Les timbres ☐
B. Les pin's △
C. Les vases chinois ○

15. *Votre « château en Espagne » :*
A. Un château en Espagne, justement ○
B. Un loft à Manhattan △
C. Une villa en Provence ☐

Solutions page 188

1
AU FIL DU TEXTE

Pour chacune des huit nouvelles de ce recueil vous seront posées six questions qui porteront chaque fois sur : une date, un lieu, un objet ou un animal, un personnage, un chiffre et une phrase prononcée par l'un des protagonistes. Ce sera pour vous l'occasion de constater que chaque récit est très différent des autres... et de vérifier si vous en avez retenu l'essentiel !
Si vous avez lu le recueil d'une seule traite, vous avez le droit de relire – ou de parcourir – chaque nouvelle avant de répondre aux questions qui la concernent. Un tableau (p.189) regroupant les quarante-huit questions portant sur le recueil entier vous permettra en outre de comprendre de quelle façon vous avez lu ces récits.

Un coup de tonnerre
Avez-vous bien lu cette nouvelle ?

1. *Les chasseurs reculent dans le Temps de :*
A. 60 millions d'années
B. 600 millions d'années
C. 6 milliards d'années

2. *Eckels ne doit surtout pas quitter :*
A. La Machine
B. La Passerelle
C. Le bureau

3. *Le monstre à abattre est un :*
A. Dinosaure
B. Brontosaure
C. Tyrannosaure

4. *Le tyran dont on redoute l'élection s'appelle :*
A. Deutcher
B. Hammer
C. Hitler

5. *Le prix habituel d'une chasse temporelle est de :*
A. 1 000 dollars
B. 10 000 dollars
C. 100 000 dollars

6. *Quand Eckels aperçoit le monstre, il s'exclame :*
A. Quelle aubaine !
B. Quelle merveille !
C. Quel cauchemar !

Solutions page 189

Un titre majuscule

1. Dans cette nouvelle, Bradbury utilise certains noms communs en les affublant d'une majuscule. Sauriez-vous retrouver lesquels ? Ce procédé vous paraît-il justifié ? Quel sentiment procure-t-il au lecteur ?

2. Essayez, au moyen de ces noms, d'imaginer un ou plusieurs autres titres à cette nouvelle.

Solutions page 191

Machines et science-fiction

1. Retrouvez le passage où Bradbury nous décrit sa Machine à explorer le Temps. Donne-t-il beaucoup de détails ? Pourquoi ? Quelle métaphore utilise l'auteur pour nous expliquer à quoi sert cet engin ?

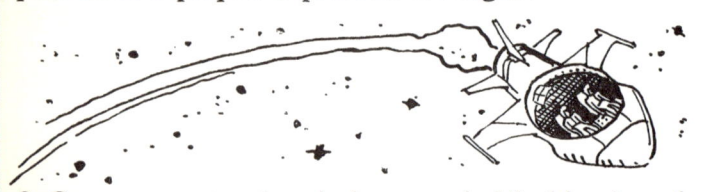

2. Comparez cette description avec la Machine à explorer le Temps d'H.G. Wells. Quelles similitudes existent entre ces deux engins imaginaires ?

3. La science-fiction est friande d'innovations technologiques. Sauriez-vous découvrir, grâce au seul titre de ces romans, laquelle y est utilisée ?

A. un ordinateur-dictateur
B. une drogue euphorisante obligatoire
C. une puce électronique placée dans un cerveau humain
D. un appareil à lire le passé dans les miroirs
E. un appareil qui capte l'électricité des éclairs
F. une machine à voyager dans le temps
G. une machine qui permet de passer dans un univers parallèle
H. un transmetteur de matière
I. un appareil à miniaturiser
J. une prison temporelle

1. *La cinquième dimension* (François Sautereau)
2. *Le voyageur des siècles* (Noël-Noël)
3. *Un bonheur électronique* (William Camus)
4. *L'invention du professeur* Costigan (Jerry Sohl)
5. *Explorations dans le micromonde* (H.G. Viot)
6. *Les esclaves de la joie* (Michel Grimaud)
7. *Le chronastro* (H.G. Viot)
8. *Le maître de la foudre* (Dominique Egleton)
9. *Au carrefour des étoiles* (Clifford D. Simak)
10. *L'homme terminal* (Michaël Crichton)

Solutions page 191

Revenir en arrière...

1. « Hors de l'ombre et des cendres, de la poussière et de la houille, pareilles à des salamandres dorées, les années anciennes, les années de jeunesse devaient rejaillir », dit Bradbury. (p. 10) Mais de quel personnage Bradbury traduit-il la pensée? Essayez de deviner ce que furent, il y a des millions d'années, l'ombre, les cendres, la poussière, la houille.

2. Savez-vous quel autre personnage célèbre de la littérature fantastique voulut retrouver ses « années de jeunesse », et de quelle façon il y parvint?

Solutions page 191

Bradbury professeur

1. Les deux protagonistes principaux de ce récit sont Eckels, le chasseur, et Travis, son guide.

Retrouvez les parties dialoguées où s'expriment les deux hommes. Qui pose les questions? Qui y répond? Quel personnage s'exprime le plus? Est-ce justifié? En réalité, qui se cache derrière Travis?

2. Bradbury profite de ce récit pour donner successivement une leçon d'écologie, une leçon de généalogie et une leçon d'histoire à son lecteur. Sauriez-vous retrouver ces trois passages?

Solutions page 191

Un coup de tonnerre

C'est le titre de la nouvelle, mais c'est aussi une expression que l'auteur emploie deux fois au cours du récit.
A quels moments précis? Qui provoque le premier «coup de tonnerre»? Et le second? Quel rapport de cause à effet pourriez-vous établir entre ces deux «coups de tonnerre» différents?

Solutions page 191

Les monstres du Passé

Le tyrannosaure vivait il y a soixante millions d'années. Grâce à la description du récit, vous le reconnaîtrez aisément. Mais sauriez-vous:
1. associer la silhouette de chacun de ces animaux à un nom;
2. les classer suivant les trois ères géologiques pendant lesquelles ils ont peuplé la Terre?

A. Ichtyosaure - B. Dinosaure - C. Archéoptéryx - D. Lémurien - E. Ptérodactyle - F. Plésiosaure - G. Ammonite - H. Ganoïde

Solutions page 191

Ils avaient la peau brune et les yeux dorés

Avez-vous bien lu cette nouvelle ?

1. *Avant qu'une nouvelle fusée n'atterrisse sur Mars, il s'écoule :*
A. Deux ans
B. Cinq ans
C. Dix ans

2. *Des bombes ont détruit la ville de :*
A. New York
B. Washington
C. San Francisco

3. *Une troisième corne pousse au front :*
A. D'une chèvre
B. D'un bœuf
C. D'une vache

4. *Les trois enfants Bittering s'appellent :*
A. Harry, Betty et Cora
B. Sam, Pat et Tirra
C. Dan, Laura et David

5. *Le nombre des colons martiens est de :*
A. Une dizaine
B. Une centaine
C. Un millier

6. *La première phrase que prononce Harry en arrivant sur Mars est :*
A. Comme il fait bon !
B. Regardez les montagnes !
C. Retournons à la fusée !

Solutions page 190

Une étrange épidémie

Dès l'atterrissage des colons sur Mars, un certain nombre de symptômes avertissent les humains que ce milieu leur est étranger.

1. Quels sont ces symptômes ? Dressez-en la liste, en séparant ceux qui sont visibles et ceux qui témoignent d'un malaise. Sont-ils tous caractéristiques d'une maladie ?
2. Retrouvez le passage au cours duquel Harry, au fond d'un canal, comprend ce qui se passe. Quel mot pourrait être la clé des phénomènes dont les colons sont l'objet ? Quels autres mots proposeriez-vous pour expliquer ce qui se passe ?
3. Pensez-vous que ce récit soit une parabole sur l'évolution des espèces ? Sur la nécessaire adaptation d'une population condamnée à vivre dans un milieu étranger ?

168 AU FIL DU TEXTE

Les phénomènes qui accompagnent cette adaptation sont-ils aussi rapides dans la réalité ? Pourquoi ?

Solutions page 192

Anachronismes

Un anachronisme est l'apparition, au cours d'un récit, d'un événement ou d'une description qui ne correspond pas à l'époque où l'action se déroule. Ainsi, dans ce récit de science-fiction, Harry sort d'une fusée avec une valise. (p. 31)
Sauriez-vous retrouver d'autres anachronismes dans cette nouvelle censée se dérouler dans le futur, et sur une planète étrangère ?

Solutions page 192

Une planète Mars poétique

« Nous avons fait plus de soixante millions de kilomètres pour arriver ici », dit Cora à son mari. C'est la distance approximative qui sépare Mars de la Terre à certaines périodes. Mais si Bradbury utilise des données scientifiques exactes pour décrire la planète Mars, il prend souvent beaucoup de libertés avec la réalité !
Voici certains mots relevés dans le texte. Lesquels sont invraisemblables et ne peuvent concerner la planète Mars telle que nous la connaissons aujourd'hui ?

Vent - herbe - montagnes - torrent - canaux - villas - mers - rivières - automne

Solutions page 192

Vieux noms pour lieux nouveaux

« On disait à présent la vallée Hormel, la mer Roosevelt, le mont Ford, le plateau Vanderbilt, la rivière Rockefeller. »

1. Savez-vous qui étaient ces personnages dont les noms servent à baptiser les nouveaux lieux martiens ? Connaissez-vous, dans la réalité, des lieux sur Terre baptisés du noms d'hommes célèbres ?

2. « Les colons américains avaient montré plus de sagesse en reprenant les vieux noms indiens de la Prairie, tels que Wisconsin, Minesota, Idaho, Ohio, Utah, Milwaukee, Waukegan, Osseo. Ces vieux noms avaient une signification. » (p. 36)
Connaissez-vous, dans la réalité, des noms de lieux, en France ou dans d'autres pays, choisis en fonction des populations qui y résidaient auparavant ?

Solutions page 192

Vacance

Avez-vous bien lu cette nouvelle ?

1. *L'homme espère bien que leurs vacances vont durer :*
A. Trois mois
B. Trois ans
C. Trente ans

2. *Une année ou l'autre, l'homme espère descendre en bateau :*
A. L'Amazone
B. Le Mississipi
C. Le Nil

3. *Le véhicule avec lequel les héros se déplacent est :*
A. Un wagonnet de dépannage
B. Une vieille locomotive
C. Un tramway

4. *Le petit garçon s'appelle :*
A. Jim
B. John
C. Jack

5. *Ce jour-là, les héros ont parcouru environ :*
A. 50 kilomètres
B. 150 kilomètres
C. 500 kilomètres

6. *L'homme justifie la halte en déclarant :*
A. « La nuit tombe »
B. « La voie est rouillée »
C. « Plus d'essence »

Solutions page 190

Un monde désert

1. Comment l'auteur parvient-il à nous convaincre que le monde est inhabité ?
Relevez, au fur et à mesure qu'ils apparaissent, les mots témoignant d'une activité humaine passée, puis présente.
2. Les bruits ont une grande importance dans les deux premières pages de ce récit. Relevez ceux qui sont produits :
- par la nature et les animaux
- par les objets fabriqués par l'homme
- par les humains
Lesquels sont les plus nombreux ? Pourquoi ?
3. Quels détails montrent que les trois héros se comportent souvent comme si le monde était encore habité ?

Solutions page 192

Vœu dangereux

1. Retrouvez le passage précis au cours duquel l'homme manifeste un désir imprudent.
Comment justifie-t-il ce vœu ? Retrouvez, à la fin du récit, le passage au cours duquel l'homme manifeste le désir contraire. Quels mots justifient ce retour à la situation précédente ?
2. Cette nouvelle est-elle vraiment une nouvelle de science-fiction ? A quels autres genres pourrait-elle appartenir ? Pourquoi ?
3. A vous de chercher des expressions, des insultes ou des ordres qui ne sont jamais à prendre au pied de la lettre (comme : « La peste soit de l'avarice et des avaricieux ! Creusez-vous un peu les méninges !... »)

Solutions page 192

Une bouteille à la mer !

« Le petit garçon, tout en pleurant sur le bord du rivage s'était mis à écrire sur un morceau de papier (...)
– Qu'est-ce qu'il a écrit ? demanda la femme... »
1. Rédigez brièvement le message de Jim.

2. Un « survivant » découvre ce message. Rédigez sa réponse.

Un an de vacances

Voici une carte de l'Amérique du Nord. En vous reportant au discours de l'homme, (p. 62) reconstituez au crayon rouge l'itinéraire qu'il se propose d'effectuer jusqu'à l'été suivant.

« Jeunes amis, faites pousser des champignons dans votre cave »

Avez-vous bien lu cette nouvelle ?

1. *L'action de ce récit se déroule un :*
A. Samedi
B. Dimanche
C. Lundi

2. *La ville qui semble recéler la clé du mystère est :*
A. New York
B. La Nouvelle-Orléans
C. Los Angeles

3. *Le magazine dans lequel a paru l'annonce s'appelle :*
A. « Le Petit Jardinier »
B. « Le Petit Bricoleur »
C. « Le Petit Mécano »

4. *Roger Willis, l'ami de Fortnum, est :*
A. Voyageur de commerce
B. Psychiatre
C. Professeur de biologie

5. *Tom obtient une première récolte au bout de :*
A. Sept heures
B. Vingt-quatre heures
C. Trois jours

6. *L'avertissement que donne Willis dans son télégramme est :*
A. « Devez laisser fermée porte cave »
B. « Devez refuser tous colis exprès »
C. « Devez détruire champignons »

Solutions page 190

L'intrusion de l'insolite

1. Le fantastique est caractérisé par l'intrusion de l'insolite dans le quotidien.
Vous relèverez dans les deux premières pages du texte :
a) tous les détails qui contribuent à rendre le récit réaliste et vraisemblable.
b) tous les détails qui, par la suite, marquent l'apparition de l'insolite.

2. Retrouvez les deux passages au cours desquels Roger Willis définit et illustre les mots *intuition* et *impression*.
Peut-il le faire de façon objective et scientifique ? Pourquoi ?

3. A quel moment précis Hugh Fortnum émet-il l'hypothèse que les champignons pourraient être un moyen pour des extra-terrestres d'envahir l'espèce humaine ? Sur quels faits fonde-t-il cette supposition ?

4. Le thème de ce récit ne vous rappelle-t-il pas celui d'une autre nouvelle de Bradbury, dans ce même recueil ?

5. L'intrusion d'une intelligence extra-terrestre a été très souvent imaginée en littérature et au cinéma. Sauriez-vous retrouver le titre de deux films, de deux séries télévisées et de deux romans qui utilisent ce thème ?

Solutions page 193

Un portrait concis et précis

« Mrs. Goodbody, la Géante chrétienne – un mètre quatre-vingts sous la toise, la fabuleuse jardinière, la diététicienne octogénaire, le philosophe de la ville. »
En cinq formules chocs et trois lignes, Bradbury brosse le portrait de l'un de ses personnages.

1. Sauriez-vous identifier quels héros se cachent derrière ces deux autres brefs portraits ?

a) Le petit journaliste – toujours flanqué de son chien, le redresseur de torts, le jeune risque-tout, l'éternel ami des opprimés.

b) L'enfant perdu dans la forêt, le compagnon des singes, l'acrobate des lianes – tout en muscles, le seigneur de la jungle.

2. A votre tour d'essayer, selon le même principe, de brosser le portrait de Superman, d'Einstein ou de... votre professeur de français.

Solutions page 193

Retrouvez les champignons !

Étranges noms que ceux des champignons. Ceux de Tom – imaginaires – sont les *marasmius oreades* ou « champignons des clairières ».
Parmi les noms souvent fantaisistes qui suivent, sauriez-

vous retrouver celui qui, dans chacune des dix listes, correspond à celui d'un vrai champignon ?

1. Moucheron vrai - mousseron vrai - mouche ronde vraie - mouron vrai
2. Agaric boule-de-neige - agaric boule-de-suif - agaric boulimique
3. Girouette - gymnaste - girolle - guibolle - guignol - gloriole
4. Réfractaire succulent - mammaire sucré - lactaire délicieux
5. Volet diabolique - bolet satan - mollet lucifer - faux-lait méphisto
6. Polypore des brebis - polype des bois - polype velu
7. Vesse-de-mouche - messe-de-fou - fesse-de-roue - vesse-de-loup
8. Ammonite cornue - amanite-tue-mouches - ammophile des prés
9. Crêpe de Bretagne - carpe d'Agen - cep de Vigne - cèpe de Bordeaux
10. Langue de bœuf - œil de bœuf - œil de perdrix - pied de cochon

Solutions page 193

La sirène

Avez-vous bien lu cette nouvelle ?

1. *Le narrateur se trouve dans le phare depuis :*
A. Trois mois
B. Trois ans
C. Cinq ans

2. *Le phare est bâti :*
A. Sur une île, loin de la côte
B. Sur une falaise
C. A deux milles de la terre ferme

3. *Le narrateur compare le monstre à :*
A. Un serpent de mer
B. Un dinosaure
C. Une sirène

4. *Le narrateur s'appelle :*
A. McDunn
B. Joe
C. Johnny

5. *Il estime la taille du monstre à :*
A. 90 à 100 pieds
B. Deux miles
C. 10 à 15 mètres

6. *Évoquant la destruction du phare, McDunn dit aux sauveteurs :*
A. Un monstre l'a détruit
B. Les vagues lui ont donné quelques mauvais coups
C. Un navire a dû le heurter dans la nuit

Solutions page 190

Le monstre et la sirène

1. Qu'est-ce qui attire le monstre vers le phare ?
2. Le narrateur ne donne-t-il pas lui-même la clé du mystère avant même que McDunn évoque le monstre ? A quel moment précis ?
3. Pourquoi les bateaux proches du cap, ne s'aperçoivent-ils pas du drame qui se joue si près d'eux ?

Solutions page 193

Les mystères de la mer

Cette nouvelle de Bradbury, *La sirène*, contient trois anecdotes, racontées par McDunn. Les deux premières préfigurent l'apparition du monstre, la troisième la justifie.
1. Sauriez-vous retrouver ces trois passages précis ?
2. Sauriez-vous leur donner un titre, qui pourrait être tiré d'une expression du texte ?
3. Qu'est-ce qui rend la troisième anecdote attachante ?

Solutions page 194

Poissons des abysses

Voici quelques affirmations concernant les grands fonds. Lesquelles sont fausses ?

1. L'obscurité est totale à – 400 mètres.
2. Certains poissons vivent à – 11 000 mètres.
3. La plupart des poissons abyssaux sont noirs, violets ou bruns.
4. La plupart des poissons abyssaux sont carnivores.

5. Les poissons abyssaux avalent des proies plus grosses qu'eux.
6. Les yeux de certains poissons abyssaux sont remplacés par des filaments tactiles.
7. L'espèce du cœlacanthe est vieille de 300 millions d'années.

Solutions page 194

Animaux fabuleux

Le monstre de ce récit ne porte pas de nom particulier. Mais les noms de bien des animaux imaginaires sont devenus célèbres dans l'actualité, l'histoire ou la mythologie.

1. Sauriez-vous remplir les cases de ces mots fléchés qui donnent la définition de monstres célèbres ?

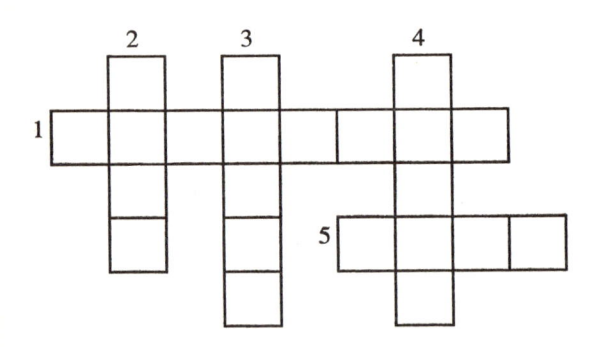

1. La bête du… terrorisa la population de cette région de 1765 à 1768.
2. Abominable homme des neiges ou ….
3. Aller à la chasse au … signifie se faire berner.
4. On croyait au Moyen Age que certains hommes pouvaient se transformer la nuit en loup- … .
5. Le monstre du …-Ness vivrait dans un lac en Écosse.

Solutions page 194

L'enfant invisible

Avez-vous bien lu cette nouvelle ?

1. *Charlie apparaît nu :*
A. A l'aube
B. A midi
C. A minuit

2. *Charlie s'est réfugié :*
A. Dans une vieille cabane
B. Dans la maison
C. A la cave

3. *Pour le rendre « invisible », la femme utilise :*
A. Une chauve-souris avec une aiguille plantée dans l'œil
B. Une grenouille géante, momifiée
C. Un lézard magique

4. *Dans le récit, la femme est toujours appelée :*
A. La Cousine de Charlie
B. La Sorcière
C. La Vieille Dame

5. *Charlie est arrivé depuis :*
A. La veille
B. Deux jours
C. Une semaine

6. *La formule employée par la femme pour ouvrir la porte est :*
A. Sésame, ouvre-toi !
B. Par cent mille diables, que cette porte s'ouvre !
C. O Seigneur, fais que cette porte s'ouvre !

Solutions page 190

Quelques moyens magiques...

1. Quel procédé emploie la Vieille Dame (p. 110) pour adopter Charlie ? Connaissez-vous les différentes façons réelles – et légales – d'adopter un enfant aujourd'hui ?

2. Quels moyens magiques successifs se propose d'enseigner la Vieille Dame à l'enfant ? Lequel le séduit ? Pourquoi ?

3. La Vieille Dame est-elle une bonne sorcière ? Faites la liste des envoûtements qui échouent.

4. Être invisible entraîne de nombreux avantages... mais aussi de nombreux inconvénients. Lesquels sont passés en revue dans le récit ? Quels autres avantages et inconvénients y verriez-vous ?

Fantastique, conte ou science-fiction ?

1. *L'enfant invisible...* Est-ce une nouvelle de science-fiction ? Quels détails, dès la première phrase, nous renseignent sur l'univers littéraire du récit ?

2. Trois auteurs ont traité, de façon très différente, le thème de l'invisibilité : H.G. Wells, Marcel Aymé et Pierre Devaux. Connaissez-vous le nom de leurs trois récits ?

3. Sauriez-vous déterminer le genre (fantastique, conte ou science-fiction) de ces récits grâce à leur première phrase ?

A. « L'Explorateur du Temps (car c'est ainsi que pour plus de commodité nous l'appellerons) nous exposait un mystérieux problème. »

B. « Un matin, au sortir d'un rêve agité, Grégoire Samsa s'éveilla transformé dans son lit en une véritable vermine. »

C. « Il était une fois un Bûcheron et une Bûcheronne qui avaient sept enfants, tous garçons. »

D. « Sire, sous le règne du calife Haroun-al-Raschid, dont je viens de parler, il y avait à Bagdad un pauvre porteur qui se nommait Hinbad. »

E. « Harry Seldon : Né en l'an 11988, mort en 12069 de l'Ère Galactique (– 79 – an I de l'Ère de la Fondation). »

F. « Après vingt-deux ans de cauchemar et d'effroi, soutenu par la seule conviction que mes impressions sont purement imaginaires, je me refuse à garantir la véracité de ce que je crois avoir découvert en Australie occidentale dans la nuit du 17 au 16 juillet 1935. »

G. « Le premier choc découpa le flanc de la fusée comme un gigantesque ouvre-boîtes. »

H. « Le soir, comme ils rentraient des champs, les parents trouvèrent le chat sur la margelle du puits où il était occupé à faire sa toilette. »

Solutions page 194

L'Homme

Avez-vous bien lu cette nouvelle ?

1. *La seconde expédition atterrit sur la planète après un voyage spatial de :*
A. Deux jours
B. Deux mois
C. Six mois

2. *La première entrevue entre le capitaine et le maire a lieu :*
A. Dans la prairie
B. Dans la ville
C. Dans le vaisseau

3. *Pour convaincre le capitaine, le maire lui montre :*
A. Une photographie de son fils
B. Un portrait peint à l'huile
C. La prothèse de son fils

4. *Le capitaine s'appelle :*
A. Burton
B. Martin
C. Hart

5. *L'expédition terrienne comprend au total :*
A. Trois vaisseaux
B. Six vaisseaux
C. Deux vaisseaux

6. *Les dernières paroles du capitaine aux hommes qui restent sont :*
A. « Bonne chance ! »
B. « Pauvres fous ! »
C. « Bande de lâches ! »

Solutions page 190

Des personnalités très différentes

1. Voici quelques épithètes. Lesquelles correspondent :
- au capitaine Hart
- à son second Martin
- au maire de la ville

Impassible, impatient, résigné, réfléchi, incrédule, dubitatif, prétentieux, simple, méprisant, calme, injurieux.

2. Quelles épithètes caractérisent l'inconnu apparu la veille dans la ville ? Comparez-les à celles dont le capitaine Hart et même Martin gratifient leur collègue Burton.

3. A l'aide de tous les éléments du texte, dressez un portrait de « l'homme ». Quel nom lui donneriez-vous ?

Quel chiffre, donné par Martin, (p. 128) ne laisse pas de doute sur son identité ?
4. Quel apôtre, dans l'Évangile, fait preuve d'une incrédulité semblable à celle du capitaine ?

Solutions page 194

Tous les noms de Jésus

Le nom de Jésus n'est jamais prononcé, ni par le narrateur, ni par aucun des personnages du récit. Pourtant, Jésus est nommé de façons très diverses dans les textes religieux. Quels sont les autres noms de Jésus ?

Solutions page 195

La fusée

Avez-vous bien lu cette nouvelle ?

1. *Dans le récit, les fusées ont commencé à voler il y a :*
A. Vingt ans
B. Quatre-vingts ans
C. Deux cents ans

2. *Le lieu de travail de Bodoni est :*
A. Un chantier de démolition
B. Un centre de construction spatial
C. Un aéroport

3. *Lorsque Bodoni reçoit sa fusée, il la compare à :*
A. Une voiture
B. Un bijou
C. Une montre

4. *La première personne tirée au sort pour partir est :*
A. Bodoni lui-même
B. Sa femme Maria
C. Leur fils Paolo

5. *La fusée a coûté :*
A. Deux mille dollars
B. Trois mille dollars
C. Six mille dollars

6. *Maria justifie qu'elle ne peut pas partir en disant :*
A. « J'aurai trop peur »
B. « Je ne veux pas y aller seule »
C. « Je vais avoir un nouveau bébé »

Solutions page 190

Richesse et pauvreté

1. Relevez (p. 145) deux phrases de Bramante qui traduisent son opinion définitive sur la richesse et la pauvreté.
2. Par la suite, l'argent ne cesse d'être la préoccupation de Bodoni. En relevant les passages où il en est question, montrez le cheminement de la pensée et des décisions de ce personnage.
3. Les mots de richesse et pauvreté apparaissent-ils dans la conclusion du récit (« Au soir du septième jour...»)? Les Bodoni sont ils plus riches ou plus pauvres qu'au début de l'histoire? De quelle façon?

Solutions page 195

Les fusées du XXe siècle

Presque tous les engins spatiaux du XXe siècle portent un nom. Peut-être sauriez-vous reconstituer l'histoire de la conquête de l'espace en douze étapes grâce à ces dates... et à ces expéditions livrées dans le désordre?

1926 : Voyager 2 frôle Neptune
1944 : Pioneer 11 atteint Saturne
1957 : Luna 3 photographie la face cachée de la Lune
1958 : Lancement d'Explorer 1, premier satellite américain
1959 : Lancement du premier satellite artificiel Spoutnik
1961 : Lancement de la première fusée à oxygène liquide
1966 : Les fusées V 2 franchissent 300 km pour bombarder Londres
1967 : Premier vol orbital humain dans un vaisseau Vostok
1969 : Apollo 11 permet à Armstrong de poser le pied sur la Lune
1971 : Surveyor 1 se pose en douceur sur la Lune
1979 : Venera 4 se pose en douceur sur Vénus
1989 : Mariner 9 se met en orbite autour de Mars

Solutions page 195

2
LES EXPLORATEURS DU PASSÉ DANS LA LITTÉRATURE

Mission sur la planète morte

Des archéologues arrivent sur la planète Koléïde. Leurs recherches déterminent que tous les habitants ont péri d'une peste cosmique mortelle. Alors, le savant Gromoziev décide de charger la jeune Alice d'une mission délicate dans le passé...

« – Mon premier pas a été d'obtenir la machine du Temps, continua Gromoziev. Le deuxième pas d'avoir la confirmation qu'ils ont vraiment péri à cause de la peste cosmique. Le troisième pas de convaincre les remonteurs du Temps de jeter un coup d'œil sur la journée où la peste cosmique a pénétré sur la Koléïde. Et le quatrième pas ?
– Oui ?
– Ah, tu commences à deviner ! Le quatrième pas, c'est d'envoyer là-bas Alice. Pourvu, bien sûr, que la machine fonctionne bien et qu'il n'y ait aucun danger pour Alice. Et pour quoi faire y envoyer Alice ?
– Pour que je...
– Parfaitement. Pour que tu te trouves à l'endroit et au moment où la peste cosmique s'est abattue sur la planète, et que tu arrives à la tuer dans l'oeuf. Qu'est-ce que cela donne ? Il n'y a pas de peste, la planète reste en vie, et les archéologues n'ont rien à faire ici. »

Cyrille Boulytchev,
Mission sur la planète morte
© Messidor

Un assassin très comme il faut

La fiancée du professeur Roger Jamieson a été tuée pendant l'attentat contre le roi Jacques. Que décide Jamieson ? De remonter le cours du temps, d'arriver juste avant que l'attentat ne soit perpétré, et d'empêcher qu'il soit commis. Hélas, Jamieson vérifie à ses dépens que c'est sa propre action dans le passé qui a provoqué la mort de celle qu'il aime...

« Des bruits de voix s'élevèrent dans le corridor. Le professeur Jamieson se détourna de la fenêtre, la carabine toujours à la main. Sur le plancher, à ses pieds, épargnée par le souffle de l'explosion, se trouvait la coupure de journal. Les membres engourdis, la bouche molle, il la ramassa.

TENTATIVE D'ASSASSINAT SUR LA PERSONNE DU
ROI JACQUES
Une bombe tue vingt-sept spectateurs dans Oxford Street.
Deux hommes abattus par la police.

Une phrase avait été encadrée de rouge :

...L'un d'eux était connu sous le nom d'Anton Remmers, tueur professionnel à la solde, croit-on, du second, un homme d'un certain âge déjà, dont le corps littéralement criblé de balles n'a pu être identifié par la police...

Des coups de poings résonnaient à présent contre la porte. Il y eut un appel, puis la poignée fut violemment secouée. Le professeur Jamieson lâcha la coupure jaunie et regarda le jeune Roger agenouillé auprès du corps de June, qui se penchait sur elle et tenait entre les siennes ses petites mains immobiles pour jamais.

La porte, cédant sous la poussée extérieure, fut arrachée de ses gonds et, à ce moment précis, le professeur Jamieson sut qui était le second meurtrier, l'inconnu d'un certain âge, l'homme enfin qu'il était revenu tuer après trente-cinq ans. Ainsi donc, sa tentative pour modifier le cours des événements avait-elle avorté ; et tout ce qu'il avait gagné à remonter dans le temps, avait été de se retrouver au bout du compte impliqué lui-même dans le crime originel, condamné – depuis la première minute où il s'était mis à vouloir analyser les caprices du cyclotron – à devoir revenir en arrière comme il l'avait fait et à se rendre partiellement responsable de la mort de sa fiancée. S'il n'avait pas tiré sur Remmers, celui-ci aurait envoyé la bombe jusqu'au centre de la rue, et June serait vivante à l'heure qu'il est. L'ingénieux stratagème qu'il avait élaboré, et avec quel désintéressement, pour le seul bénéfice du jeune Roger – don gratuit qu'il voulait faire à sa propre jeunesse – avait échoué lamentablement, aboutissant à la destruction de celle-là même qu'il était censé protéger.

Dans l'espoir de voir June une dernière fois encore, et parce qu'il lui fallait à tout prix avertir le jeune homme d'oublier sa fiancée, il se précipita en avant… et fut accueilli par le crépitement des salves tirées par tous les policiers en même temps. »

J.G. Ballard,
In Billenium
© Marabout

Le voyageur imprudent

Si, revenant dans le Temps, je tue – par accident – mon ancêtre, que peut-il bien arriver ? Pour connaître la réponse, il faut lire ce roman de René Barjavel.
Pierre Saint Menoux revient dans le passé pour tuer Bonaparte. Mais tout ne se passe pas comme prévu…

« Pour agir, Saint Menoux va cesser pendant quelques secondes de se tenir hors du temps. Ce sera bref. Il décide de se camper derrière l'homme, d'apparaître, tirer, disparaître. (…)

C'est parfait. Maintenant il va modifier le destin du monde. Une grande émotion l'étreint. Il se force à respirer lentement. Il attend que son coeur se calme, que ses mains ne tremblent plus. Il se raisonne. Tout cela est aussi simple qu'un problème de géométrie. Le calme lui revient. Allons-y. Il arrête le vibreur. L'odeur de la poudre lui saute au nez. Les canons broient l'air. Une bombe s'annonce en ronflant. Elle tombe. Il tire. Rafale. Un artilleur s'est jeté entre la bombe et Bonaparte. Elle n'a pas éclaté. L'homme a reçu quatre balles. Deux autres ont chanté à ses oreilles. Il chancelle. Bonaparte n'a pas bougé. Feu des huit pièces. Le sol tremble. Saint Menoux n'a plus de balle dans son arme.

La fumée l'étouffe. Le poids du destin l'écrase. C'est raté. (...) Dieu ne veut pas que soit changée la face du monde. (...)

– Pauvre Durdat. Il n'aura pas été long à écoper! (...)

"Durdat! remarque Pierre. C'était le nom de ma mère..."

Les deux hommes retournent au combat. Le petit courtaud a marché, pour s'en aller, à travers le voyageur. Celui-ci, ému, se redresse, s'assied dans le tronc de l'arbre, sa tête penchée sur la tête du blessé, grand, maigre et blond comme lui. Si ses cheveux étaient coupés et cette ombre de moustache rasée, il lui ressemblerait comme un frère... Le remords serre le cœur de Saint Menoux. Il voudrait guérir le malheureux, panser ses blessures, lui demander pardon, embrasser son visage si semblable au sien. Et tout à coup une angoisse affreuse s'empare de lui. Il vient de se rappeler ce que lui racontait sa mère quand il étudiait les guerres de la Révolution et de l'Empire.

"Le grand-père de ton grand-père, lui disait-elle, a fait toutes ces guerres, sans une blessure. Il a commencé comme simple canonnier. A Waterloo, il était capitaine. Il avait plus de quarante ans quand il s'est marié.

"L'Empereur a parlé de lui dans ses mémoires, ajouta-t-elle avec fierté. Il l'appelait "mon fidèle Joachim". Ils étaient deux frères. L'autre a été tué en Russie."

Les canons se sont tus. Le vent emporte la fumée en longues écharpes. Là-bas, le fort rouge se dégage d'un nuage gris. Les blessés et les morts fleurissent la vallée de taches de couleurs vives. Un cheval démonté galope, s'arrête court, rue, hennit, s'approche au petit trot de la rivière, et boit longuement. Une cigale hésitante scie l'air d'un cri d'essai, renouvelle, accélère son chant. Les blessés gémissent. Un d'eux, tout près, jure sans arrêt, d'une voix qui gargouille.

Saint Menoux tremble de tout son corps. Ses dents claquent. Cet homme qu'il vient d'abattre, il n'en doute plus, c'est un des frères Durdat. C'est peut-être son propre ancêtre... »

René Barjavel,
Le voyageur imprudent,
© Gallimard

La patrouille du temps

L'Américain Poul Anderson répond de façon très logique et très juridique à la question: « Et si l'on pouvait retourner dans le passé pour changer l'Histoire? ». En ce cas, affirme-t-il, il faudrait qu'existe une « patrouille du temps », une sorte de police qui, au hasard des siècles visités, aurait pour mission de retrouver et de mettre hors d'état de nuire les pirates du temps! L'un des patrouilleurs, Everard retrouve Stane, alias Schtein, dont la présence semble avoir modifié la trame historique connue...

« Le visage de gnome de Schtein avait pris une extression quasi mystique. Il était transfiguré.

– Tel que je l'ai rêvé, murmura-t-il. Merci.

– Vous êtes donc revenu depuis votre époque pour... créer l'Histoire?

– Non, pour la changer.

Les paroles lui venaient, précipitées, comme s'il eût souhaité parler depuis de nombreuses années sans jamais l'oser: "De plus, en mon temps, j'étais historien. Par hasard, j'ai rencontré un homme qui se prétendait commerçant et venu des lunes de Saturne, mais comme j'y avais moi-même séjourné, je l'ai percé à jour. En faisant des recherches, j'ai appris la vérité. C'était un voyageur temporel venu de très loin dans l'avenir.

"Il vous faut comprendre que l'époque où je vivais était atroce, et en tant qu'historien psychographe, je me rendais bien compte que la guerre, la misère et la tyrannie qui nous accablaient ne provenaient pas d'une tendance au mal innée chez l'homme, mais de la simple causalité. Il y avait eu des périodes de paix, assez prolongées même; mais le fléau était trop profondément implanté, l'état de conflit faisait partie de notre civilisation même. Ma famille avait été anéantie au cours d'un raid vénusien, je n'avais rien à perdre. J'ai pris la machine temporelle après avoir... disposé de son propriétaire.

"La grande erreur, me disais-je, avait été commise pendant les siècles obscurs. Rome avait unifié un vaste empire qui connaissait la paix, et de la paix peut toujours naître la justice. Mais Rome s'était épuisée dans l'effort et maintenant se désagrégeait. Les Barbares nouvellement venus étaient vigoureux, ils avaient beaucoup de possibilités, mais ils allaient se corrompre.

"Cependant prenons l'Angleterre, isolée de l'influence pourrissante de la société romaine. Les Saxons font leur apparition, ils sont indolents et répugnants, mais ils sont forts et ne demandent pas mieux que de s'instruire. Dans mon histoire, ils avaient tout simplement anéanti la civilisation bretonne, puis, intellectuellement incapables, ils avaient été englobés par une nouvelle – et mauvaise – civilisation qualifiée d'occidentale. Je désirais qu'il arrivât quelque chose de meilleur.

"Cela n'a pas été facile. Vous seriez surpris de la difficulté qu'on éprouve à vivre à une époque différente, avant d'avoir appris à s'acclimater, même si l'on dispose d'armes modernes et de présents pour le roi. Mais je me suis assuré le respect d'Hengist, à présent, et je gagne de plus en plus la confiance des Bretons. Je peux unir les deux peuples dans une guerre commune contre les Pictes. L'Angleterre ne sera plus qu'un royaume unique, riche de la force saxonne et des connaissances romaines, assez puissant pour repousser tous les envahisseurs. Bien entendu, le christianisme est inévitable, mais je ferai en sorte que ce soit le bon christianisme, celui qui instruira et civilisera les hommes sans entraver leur esprit.

"Un jour ou l'autre, l'Angleterre sera en mesure de prendre la direction des événements sur le continent. Et enfin... un monde unique. Je resterai ici assez longtemps pour susciter l'alliance contre les Pictes, puis je disparaîtrai en promettant de revenir plus tard. Si je reparais, disons à des intervalles de cinquante ans pendant les quelques siècles à venir, je deviendrai une légende, un dieu, qui pourra les forcer à rester sur le droit chemin."

– J'ai beaucoup lu au sujet de saint Stanius, dit lentement Everard.

– J'ai donc gagné! s'écria Schtein. J'ai donné la paix au monde!

Les larmes lui coulaient sur les joues. »

Poul Anderson,
La patrouille du Temps
© Gallimard

3
SOLUTIONS DES JEUX

Vivez-vous avec votre temps ?
(p. 161)

Si vous obtenez plus de cinq ○ : vous auriez été plus heureux au temps des diligences, et vous gardez sans doute la nostalgie des temps révolus. Certes, les traditions sont respectables, mais si vous ne faites pas un effort pour mieux vous intégrer dans la société d'aujourd'hui, vous serez très mal à l'aise au XXIe s.!

Si vous obtenez plus de cinq ❑ : vous utilisez avec aisance la plupart des technologies de votre époque, mais vous savez exercer votre sens critique et choisir habilement ce qui, parmi les innovations de votre temps, peut faciliter votre existence, tout en rejetant celles qui, malgré les apparences, pourraient la compliquer.

Si vous obtenez plus de cinq △ : certes, vous êtes tout à fait de votre temps! Mais peut-être en abusez-vous parfois. La mode vous influence beaucoup, et vous redoutez d'être dépassé. Vous êtes à l'affût de toutes les nouveautés, vous courez sans cesse, et confondez sans doute vitesse et progrès.

Avez-vous bien lu les nouvelles de Bradbury ?

Reportez-vous ci-contre aux réponses de la nouvelle que vous avez lue, et noircissez chaque case correspondant à une réponse exactes, puis comptabilisez les cases noires.

Plus de quarante-cinq cases noires: bravo! Vous êtes un lecteur attentif et Bradbury n'a pas de secret pour vous. Sans doute êtes-vous un fan de cet écrivain... ou un passionné de S-F.

De trente à quarante-cinq cases noires: vous avez été si captivé par ces nouvelles que certains détails vous ont échappé. C'est peut-être dommage : une lecture en profondeur vous aurait procuré un plaisir encore **plus** grand.

De quinze à trente cases noires: de toute évidence, vous avez lu ce recueil avec une attention dispersée. Vous ne

SOLUTIONS DES JEUX

cherchez à retenir d'un récit que le fil d'une action... ou une impression qui risque de se dissiper bien vite.
Moins de quinze cases noires : une seule alternative : vérifier une nouvelle fois vos réponses, ou bien... relire chaque nouvelle (car il serait dommage de rester sur une lecture aussi superficielle).
Lecture verticale de la grille : à présent, vous jugerez vous-même du degré d'intérêt que vous portez dans les récits aux personnages, aux dialogues ou aux dates.

✱ : date
◆ : lieu
❏ : objet/animal
○ : personnage
△ : chiffre
✕ : phrase

	✱	◆	❏	○	△	✕
Un coup de tonnerre	A	B	C	A	B	C
Ils avaient...	B	A	C	C	C	C
Vacance	C	B	A	A	B	C
Jeunes amis...	A	B	C	C	A	B
La sirène	A	C	B	C	A	B
L'enfant invisible	B	A	A	C	B	C
L'homme	C	B	B	C	A	B
La fusée	B	A	C	B	A	C

Un coup de tonnerre
(p. 163)

1 : C (p. 11) - 2 : B (p. 13) - 3 : C (p. 11) - 4 : A (p. 11) - 5 : B (p. 9) - 6 : C (p. 21)

Ils avaient la peau brune et les yeux dorés
(p. 167)

1 : B (p. 51) - 2 : A (p. 33) - 3 : C (p. 37) - 4 : C (p. 31) - 5 : C (p. 34) - 6 : C (p. 30)

Vacance
(p. 169)

1 : C (p. 62) - 2 : B (p. 63) - 3 : A (p. 55) - 4 : A (p. 61) - 5 : B (p. 57) - 6 : C (p. 55)

« Jeunes amis, faites pousser des champignons dans votre cave… »
(p. 172)

1 : A (p. 68) - 2 : B (p. 82) - 3 : C (p. 69), 4 : C (p. 72), 5 : A (p. 77), 6 : B (p. 82)

La sirène
(p. 174)

1 : A (p. 97) - 2 : C (p. 96) - 3 : B (p. 100) - 4 : C (p. 97) - 5 : A (p. 100) - 6 : B (p. 107)

L'enfant invisible
(p. 177)

1 : B (p. 122) - 2 : A (p. 109) - 3 : A (p. 113) - 4 : C (p. 109) - 5 : B (p. 110) - 6 : C (p. 110)

L'homme
(p. 179)

1 : C (p. 138) - 2 : B (p. 131) - 3 : B (p. 133) - 4 : C (p. 125) - 5 : A (p. 129) - 6 : B (p. 143)

La fusée
(p. 180)

1 : B (p. 145) - 2 : A (p. 149) - 3 : C (p. 150) - 4 : B (p. 148) - 5 : A (p. 149) - 6 : C (p. 148)

SOLUTIONS DES JEUX

Un titre majuscule
(p. 164)

1. Le Passé (p. 9), la Machine (p. 10), le Temps (p. 10), le Lézard du Tonnerre (p. 11), les Pyramides (p. 13), la Passerelle (p. 13), le Futur (p. 13), le Tyrannosaure (p. 19), l'Histoire (p. 25)

Machines et science-fiction
(p. 164)

3. A : 3 - B : 6 - C : 10 - D : 2 - E : 8 - F : 7 - G : 4 - H : 9 - I : 5 - J : 1

Revenir en arrière
(p.165)

1. Eckels **2.** Le docteur Faust (dans *Faust*, de Goethe), en vendant son âme au diable.

Bradbury professeur
(p. 165)

1. Eckels interroge, Travis répond longuement : il est habitué à voyager dans le Temps.
2. Leçons d'écologie, de généalogie, d'histoire : p. 14, 15, 16.

Un coup de tonnerre
(p. 166)

Le premier, p. 19, est provoqué par le Tyrannosaure qui approche. Le second (ce sont les derniers mots du récit, p. 29) correspond au coup de feu que Travis tire sur Eckels.

Les monstres du Passé
(p. 166)

1. 1 : A - 2 : E - 3 : C - 4 : F - 5 : D - 6 : H - 7 : G - 8 : B
2. Ère primaire : G et H
Ère secondaire : A - B - C - E - F
Ère tertiaire : D

Une étrange épidémie
(p. 167)

2. P. 44 : « Une transformation s'opérera, une transformation lente, totale, silencieuse. » Autres mots : assimilation, intégration, digestion...

Anachronismes
(p. 168)

« Le journal arrivait, l'encre encore humide, par la fusée terrestre de 6 heures. » (p. 32) « Il enfila son veston et remit sa cravate. » (p. 38) « Harry Bittering entra dans l'atelier de serrurerie. » (p. 40) « Ils coupèrent le gaz, l'eau, fermèrent leur porte à clé. » (p. 50)

Une planète Mars poétique
(p. 168)

Mots ne correspondant pas à la réalité scientifique : herbe, torrent, canaux, villas, rivières. En revanche, tous les autres mots concernent des phénomènes existant ou ayant existé (mers) sur la planète Mars.

Vieux noms pour lieux nouveaux
(p. 168)

Ces lieux ont été baptisés d'après les noms de quelques-uns des citoyens les plus célèbres des États-unis.

Un monde désert
(p. 170)

1. L'auteur ne décrit que la nature. Mots témoignant de l'activité humaine : voie ferrée, acier, train, rail, wagonnet.
3. Les vêtements de l'homme (veste, cravate, chapeau) ; la mère fait l'école à son fils ; la bouteille à la mer.

Vœu dangereux
(p. 170)

2. Cette nouvelle fait plutôt partie du genre merveilleux

L'intrusion de l'insolite
(p. 172)

2. P. 72.et 73. Aucun fait observable n'étaye cette hypothèse.
3. P. 91 (« Et si... prisonnier de la chose qu'il avait mangée! ») Il fonde cette hypothèse uniquement sur l'incident Willis.
4. *Ils avaient la peau brune et les yeux dorés.*
5. Films : *La chose venue d'un autre monde* (Howard Hawks), *Le village des damnés* (Wolf Rilla)
Séries télévisées : *Les envahisseurs*, *"V"*.
Romans : *La guerre des mondes* (H.G. Wells), *Les coucous de Middwich* (John Wyndham), *Fleur de monstre* (Christian Grenier).

Un portrait concis et précis
(p.173)

1. a) Tintin
b) Tarzan.

Retrouvez les champignons!
(p.173)

1 : Mousseron vrai
2 : Agaric boule-de-neige
3 : Girolle
4 : Lactaire délicieux
5 : Bolet satan -
6 : Polypore des brebis
7 : Vesse-de-loup
8 : Amanite-tue-mouches
9 : Cèpe de Bordeaux
10 : Langue de bœuf

Le monstre et la sirène
(p. 175)

1. Le mugissement de la sirène.

2. P. 97, lorsque McDunn déclare : « Ca crie comme une bête, n'est-ce pas ? »
3. Parce qu'une fois le phare détruit, le monstre continue de hurler comme la sirène.

Les mystères de la mer
(p. 175)

1. P. 96 : « Une nuit (...) la Divinité ? » P. 98, 99 : « Par un jour glacial (...) de la vie. » P. 102, 103 : « Depuis des années (...) comprends-tu ? »

Poissons des abysses
(p. 175)

Les sept affirmations sont exactes.

Animaux fabuleux
(p. 176)

1 : Gévaudan - 2 ; Yéti - 3 : Dahut - 4 : Garou - 5 : Loch

Fantastique, conte ou science-fiction ?
(p. 178)

2. *L'Homme invisible* d'H.G. Wells, *Le Passe-muraille* de Marcel Aymé, *L'Écolier invisible* de Pierre Devaux.
3. A : *La Machine à explorer le Temps,* d'H.G. Wells (S-F) - B : *La Métamorphose,* de Kafka (fantastique) - C : *Le Petit Poucet,* de Perrault (conte) - D : *Sindbad le marin* (*Les mille et une nuits*) - E : *Fondation,* d'Isaac Asimov (S-F) - F : *Dans l'abîme du Temps,* de H.P. Lovecraft (fantastique) - G : *Kaléidoscope,* de Bradbury (S-F) - H : *La Patte du chat,* de Marcel Aymé (conte)

Des personnalités très différentes
(p. 179)

1. *Hart* : impatient, méprisant, injurieux, prétentieux, incrédule. *Martin* : dubitatif, réfléchi, calme, résigné. *Le maire* : impassible, simple.
3. Jésus (vingt siècles).
4. Saint Thomas

Tous les noms de Jésus
(p. 180)

Christ, Jésus-Christ, Messie, Sauveur, Rédempteur, prophète, fils de Dieu, fils de l'Homme.

Richesse et pauvreté
(p.181)

1. « Le monde est aux riches.» « Qu'ils se contentent d'être pauvres ! »

Les fusées du XXe siècle
(p. 181)

1926 : Lancement de la première fusée à oxygène liquide - 1944 : Les fusées V2 franchissent 300 km pour bombarder Londres - 1957 : Lancement du premier satellite artificiel Spoutnik - 1958 : Lancement d'Explorer 1 - 1959 : Luna 3 photographie la face cachée de la Lune - 1961 :.Premier vol orbital humain dans un vaisseau Vostok - 1966 : Surveyor 1 se pose en douceur sur la Lune - 1967 : Venera 4 se pose en douceur sur Vénus - 1969 : Apollo 11 permet à Armstrong de poser le pied sur la Lune - 1971 : Mariner 9 se met en orbite autour de Mars - 1979 : Pioneer 11 atteint Saturne - 1989 : Voyager 2 frôle Neptune

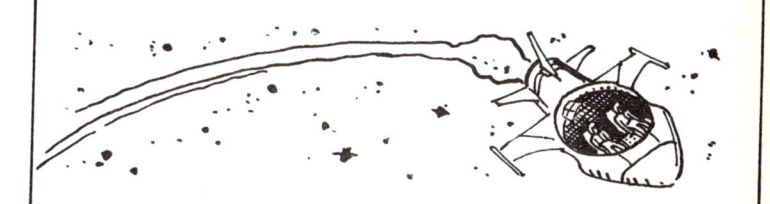